사랑이 묻고 인문학이 답하다

사랑이 묻고
인문학이 답하다

정지우 지음

날마다 인문학 4

우리가
사랑이라 말하는
모든 것들

푸른숲

목차

5장   그 어떤 순간에도, 사랑

사랑의 의미, 사랑의 인문학

세상에 사랑만큼 의미가 다양한 단어도 드물다. 그만큼 사랑에 대한 정의는 사랑하는 사람마다 다르게 가진 것처럼 보인다. 누군가는 사랑이란 설레고 흥분되는 것이라 하겠지만, 반대로 누군가는 내 집 같은 편안한 감정이라 말할 것이다. 누군가는 뜨거운 욕정을 사랑이라 하고, 누군가는 고귀한 정신적 교류를 사랑이라 한다.

사랑에 대한 정의는 사람마다 다르지만, 시절마다 달라지기도 한다. 어릴 적에는 그저 누군가를 보고 가슴이 두근거리면 사랑이라고 생각한다. 그러나 나이가 들어서는 상대가 적절한 조건을 갖춰 함께 인생을 계획하고 싶은 마음이 들면 사랑한다고 느낄 수도 있다. 노년에는 함께 삶을 되새기는 연대인에 대한 감정이 사랑의 핵심일 수도 있다.

그렇기에 사랑을 공부해야 한다. 책들을 쌓아 놓고 종일 연구해야 한다는 게 아니다. 내가 무엇을 사랑이라 생각하는지, 어떤 사랑이 나에게 가장 어울리는 사랑인지, 내 사랑은 어떤 사랑인지를 부지런히 알아야 한다. 그렇지 않으면 어느 순간 우리는 타인의 말에 휘둘리다가 사랑을 잃어버리고 만다.

어느 저녁 술자리에서 친구가 문득 내 연애 고민을 듣다가 "그런 건 사랑이 아니야!"라고 외친다. 나름대로 연인과 잘 지내고 있었지만, 친구의 그 말 한마디에 사랑을 의심하기 시작한다. 그는 사랑이란 불타오르는 장작처럼 서로에게 강렬한 감정이라 주장한다. 그에 비해 내가 하는 사랑은 너무 미지근해서 기껏해야 친한 친구 관계 같기만 하다. 그러다 어느 순간, 나는 스스로 나의 사랑을 부정하게 된다. 그러나 세월이 흘러 돌이켜 보면, 그렇게 친구 관계 같은 사랑이야말로 내게 가장 어울리는 사랑이었을 수도 있다. 한순간 타인의 말로 사랑을 의심하고 버리기까지 한 셈이다. 세상에는 사랑에 대한 말들이 너무 많이 있다. SNS만 켜더라도 온갖 피드에서 이건 사랑이고 아니고, 저건 사랑이네 아니네 하며 사랑을 평가하는 온갖 말들이 쏟아져 나온다. 우리는 그 사이에서 나의 사랑을 지켜야 한다.

흔히 "사랑을 글로 배웠어요."라는 말을 우스갯소리처럼 하곤 한다. 그런데 사랑을 전혀 배우지 않고 '실전으로만 접하면' 그것대로 문제가 될 수 있다. 실전에는 늘 한계가 있다. 세상 모든 사랑을 다 해볼 수 없기 때문이다. 혹은 막상 실전에 돌입하면, 온갖 혼란을 겪느라 중심을 금방 잃어버리기 쉽다. 사랑을 글로만 배우는 것도 곤란하지만 전혀 배우지 않는 것도 곤란하다. 다행히 우리에게는 사랑에 관해 치열하게 고민한 수많은 학자와 작가들이 있다.

많은 사람이 사랑에 대해 어떤 정답을 찾기 위해 책을 펼쳐 든다. 어쩌면 이 책을 펼쳐 든 누군가도 사랑의 정답이 이 안에 있을 거라 믿었는지도 모른다. 그러나 내가 아는 한, 사랑의 정답은 저마다 다르고 각자만이 정확하게 찾을 수 있다. 이 책은 그런 자기 자신의 정답, 각자의 정답을 찾는 데 도움을 주는 가이드 정도에 가깝다. 결국 우리는 스스로 사랑의 정답을 찾아야 한다.

이 책에는 여러 학자와 작가들이 고민한 사랑 이야기에 덧붙여 내 생각도 함께 담고자 했다. 이 생각들은 하나의 예시가 될 것이다. 각자 나름대로 자기의 사랑을 찾아가고자 애쓴 여정이기 때문이다. 이 책을 읽는 이들이 사랑에 대한 다양한 관점들을 접하며 저마다 자신의 사랑을 찾아갈 수 있기를 바란다.

예전에 나는 개인적인 사랑 이야기라고 할 것을 《너는 나의 시절이다》라는 책에 담아낸 적이 있다. 그 책이 연애와 신혼, 육아에서 느낀 여러 사랑에 대한 경험과 감성을 풀어냈다면 이번에는 이성과 논리에 집중했다. 사실, 사랑에는 두 가지 측면이 모두 절실하게 필요하다. 우리는 온 마음과 감정을 사랑이라는 경험에 쏟아붓는 동시에 그 사랑을 성찰하며 머리로 '알아야' 한다.

이 책은 사랑을 글로 배우고 머리로 알기 위해 애쓴 한 방구석 독서인의 여정이다. 여전히 나는 사랑이 어렵고 사랑을 잘 알지 못하지만, 그래도 알아가려는 노력을 계속하고 있다. 나도, 당신도 사랑을 더 잘 알고 다룰 수 있기 위한 분투를 계속 이어갔으면 한다. 이 책이 그 출발점이 될 수 있기를 바란다.

1장

사랑을
사랑하는 이유,
감정

두 유형의 사랑:
궁전으로서의 사랑, 여행으로서의 사랑

"우리 두 사람은 해와 달, 바다와 육지처럼 떨어져 있는 거야. 우리의 목
표는 상대방의 세계로 넘어 들어가는 것이 아니라 서로를 인식하는 거야.
상대방을 있는 그대로 지켜보고 존중해야 한단 말이야."

(헤르만 헤세, 《나르치스와 골드문트》[1] 중에서)

사랑하는 태도에는 크게 두 가지가 있다. 하나는 길에서
만난 두 사람이 함께 미래를 꿈꾸며, 동반자가 되어 손잡고
떠나기를 바라는 '여행으로서의 사랑'이다. 다른 하나는 두
사람이 안정된 상태에서 궁전을 짓고, 궁전에 초대받고, 궁
전에서 살아가는 '궁전으로서의 사랑'이다. 대개 여행으로
서의 사랑은 청년 시절의 연애에 가깝고, 궁전으로서의 사
랑은 결혼에 가깝다고 말해진다.

두 청년은 이제 막 삶을 시작하면서 어느 도시의 한 가
운데서 만난다. 서로가 아직 아무것도 되지 못했지만, 각

자 무언가가 되기를 바라며 미완의 미래를 향한 여정을 함께하길 약속한다. 이 삶을 같이 걸으며 어딘가 저편의 언덕 너머에 도착하자고 이야기하면서 서로를 응원하고, 변화하는 서로를 지지하며 그렇게 길 위에 선다. 배낭여행에서 만난 동행자들처럼, 그들은 사랑의 여행을 시작한다.

반면, 결혼 적령기의 또다른 이들은 서로가 얼마나 완성되어 있는지 가늠해 본다. 어느 정도 각자의 삶을 살아온 이들은 앞으로 더 안정적인 궁전을 건설하고 그 안에서 살아가기 위하여, 사랑의 조건에 관해 고민한다. 이제 결혼은 방랑이나 여행이 아니라 완성이어야 하고, 안정적인 행복이어야 한다. 청년 시절이 방황 또는 방랑이었다면, 앞으로의 삶은 안정 또는 정착이어야 한다고 믿는다. 그렇게 그들은 서로의 삶을 완성해 줄 것 같은 사람을 만나, 두 사람으로서의 삶을 시작한다.

사랑의 이상이라는 것은 양자에 골고루 퍼져있다. 어떤 사랑이 더 진실한 사랑이라 말하는 건 쉬운 일이 아니다. 다만, 우리 시대에는 사람들이 갈수록 서로에게 더 완벽함을 요구한다. 자기 자신이 완벽함을 갖추지 못했을 때 짝을 구할 수 없다는 강박이 심해지고 있다. 특히 거의 완벽한 조건을 갖추지 못하면 결혼해서는 안 된다는 통념도 자리

잡고 있다. 나아가 그런 완벽함에 대한 강박이 결혼은 말할 것도 없고, 우리가 사랑하는 일 자체를 가로막고 있다. 하나 생각해 볼 점은 미완성인 두 사람이 만나 함께 삶을 여행하듯이 살아가는 사랑, 조금 더 나은 삶의 조건들을 하나하나 얻고 살아갈 곳을 옮기면서 함께 세계를 만드는 그런 사랑도 나쁘지 않을 수 있다는 점이다.

사실 나는 결혼을 할 때 아무것도 갖추지 못한 상태였다. 수입도 불안정했고, 직장도 없었고, 심지어 자격증 준비를 위한 수험 생활에 막 들어가려던 참이었다. 아내와 연애를 하면서도 앞으로 어떻게 살아야 할지 매일 방황하던 때이기도 했다. 궁전이라 할 만한 것을 당연히 가졌을 리 없었고, 아직 낯선 땅을 방랑하듯이 삶에 대해 고민하던 시절이었다. 그래도 그런 시절에 아내를 만나서 좋았다. 함께 여행을 떠나자는, 그런 사람을 만나서 좋았다. 아직도 궁전 같은 것은 얻지 못했지만 아내와 함께라면 앞으로 있을 몇 개의 언덕을 넘을 수 있겠다는 생각이 든다. 어떤 길이 놓여 있는지는 모르겠지만, 그래도 계속 걸어가며 우리만의 새로운 여정을 만든다는 그 느낌을 좋아할 것이다.

한편으로는 사랑에서 완성되었다는 느낌 자체를 경계할 필요도 있다. 사랑에 온전한 도착점은 사실 없을지도 모른다. 그저 계속, 삶의 마지막까지도 부지런히 나아가는 게 역시 '함께하는 삶'일 것이다. 이 다음에, 또 그 다음에, 또 삶의 마지막에 넘어야 할 어느 곳들로부터 떠나는 상상을 하면서, 그렇게 계속 걸어갈 수 있어야 한다.

그렇게 보면 떠남과 정착이라는 모습을 띤 사랑의 두 이상은 별개가 아니다. 우리는 궁전을 바라면서 부지런히 삶을 지어 나가지만 동시에 그 궁전을 지어 나가는 여정 자체를 즐기기도 하다. 완벽한 왕자와 공주가 결혼하는 게 아니라, 우연히 만난 여행객이 둘을 위한 궁전을 지을 땅을 부지런히 찾아 함께 열심히 궁전을 짓고, 그러다가 무너지면 또 다른 궁전을 향해 떠나기도 하는 게 사랑의 '종합판'이 아닐까? 그 여정은 끝이 없다.

나를
창조하게 하는 사랑

"우리는 오직 다른 사람이 우리의 것으로 인정해주는 장점들에 의해서만
존재한다. (…) 장점은 타인의 판단을, 즉 이미지를 요구한다."

(앙드레 기고, 《사랑의 철학》[2] 중에서)

우리는 사회 속에 살아가면서 저마다의 정체성이라는
것을 얻게 된다. 누군가는 마음이 따뜻한 사람, 누군가는
용기 있는 사람, 누군가는 똑똑하거나 두뇌 회전이 빠른 사
람 등 몇 가지 '규정'들이 곧 그 사람을 만든다. 그런데 무
엇이 됐든 그러한 규정은 타인의 '인준'이 필요하다. 나 혼
자서만 아무리 '나는 똑똑하고 용기 있다'고 선언하더라도
진짜 그런 사람이라고 보기는 어렵다. 적어도 내가 그럴 만
한 사람이라고 확인해 줄 '증거' 하나쯤은 있어야 한다. 사
회에서는 타인이 곧 그 증거가 된다.

사회에서 사회적 동물로 살아간다는 건 늘 그런 타인들을 내 안에 품고 살아가는 일이다. 스스로 능력 있거나 정직한 사람이라고 생각한다면 그건 사회 속에서 그렇게 인정할 만한 이유가 있다는 뜻도 된다. 가령 좋은 직장을 다닌다든지, 동료들과 관계가 좋아 칭찬을 듣는다든지, 용감한 투자로 큰 성과를 얻었다든지 하는 외적 기준들이 나의 정체성을 형성한다.

문제는 사랑을 하면 이런 기준들이 급격히 뒤틀리는 경험을 하게 된다는 점이다. 사랑에 빠진 사람의 장점이나 단점, 즉 그의 정체성을 구성하는 속성들은 오직 사랑하는 사람의 눈에 비친 반영에 의해서 의미를 가진다. 회사에서 아무리 용기 있는 사람이라 평가받더라도 사랑하는 사람이 나를 겁쟁이로 본다면, 더는 용기 있는 사람이 아니다. 사랑은 그 이전까지 없던 기준을 이 세상에 끌고 들어온다. 바로 '사랑하는 사람의 시선'이라는 기준이다.

대개 처음 사랑을 하는 연인은 새로운 '기준'의 등장에 혼란을 경험한다. 지금껏 나는 부모와 친구 관계, 학교에서의 평가 기준 등에 의해 나의 정체성을 형성해 왔다. 그런데 '첫사랑'이 자신을 바라보는 기준을 완전히 바꾸기 시작하는 것이다. 부모에게 착한 자식인 사람이 갑자기 애인에게 나쁜 남자가 되기도 한다. 친구들 사이에서 언제나 진지한 역할을 도맡았던 사람이 애인에게는 엉뚱하고 귀여운 사람이 될 수도 있다. 그리고 바로 그 속성이 가장 중요한 나의 '핵심'이 된다.

그렇기에 사랑에 빠져드는 일이란, 나라는 인간이 얼마나 손쉽게 만들어질 수 있는지 깨닫는 일이기도 하다. 나에게 고정불변하는 '영원한' 자아가 있는 게 아니라, 내가 의미를 부여하기에 따라 '달라지는' 자아가 있다는 걸 알게 된다. 어제까지 나는 겁쟁이였지만 누군가와 어떤 사랑을 하느냐에 따라 대담한 사람이 될 수도 있다. 그렇게 본인을 더 대담한 자로 만들 수 있다. 나를 대담하다고 보는 사람이 곁에 있고, 그 시선을 사랑하고, 그에 따라 정의되는 자신을 사랑한다면 나는 새롭게 태어난다.

앞에서 이야기했듯 우리 시대의 사랑이란 대체로 이미 성격이나 능력, 조건이나 성향을 모두 갖춘 두 사람이 만나서 서로를 소유하며 사는 일로 받아들여지곤 한다. 그러나 사실 우리는 무엇도 고정된 존재가 아니라, 끊임없이 변하는 존재라는 사실을 받아들일 필요가 있다. 그러면 사랑이란 어떤 성격이나 조건을 갖춘 사람을 소유하는 문제가 아니라, 사랑 앞에서 어떤 존재로 다시 태어날 것인가의 문제가 된다. 그렇게 사랑을 통해 우리 존재가 '유동적'이라는 본질을 마주하게 된다. 나아가 삶을 하나의 창조 과정으로 보고, 자신을 어떤 사람으로 '만들어 가느냐'라는 질문을 삶의 한가운데에 놓게 된다.

성장하는 동안에는 부모에게 어떤 존재로 인정받고 사랑받고 싶은지 고민하는 과정이 존재의 시작이었다. 다 자란 후에는 인생의 여정에서 또 다른 새로이 사랑의 존재를 만나 다시 나라는 존재에 대해 또다른 질문을 던지고, 다시 삶을 시작한다. 그렇게 사랑은 우리가 누구인지, 또 누구이고 싶은지에 관해 가장 중요한 질문을 던진다.

사랑 앞에
쏟아져 나오는 말들

"말하는 동안에 나는 점점 비통한 감격에 휩싸여
나중에는 목구멍에 경련을 일으킬 것만 같았다.
나는 갑자기 말을 멈추고 불안한 마음으로 몸을 일으켰다.
그리고는 가슴의 두근거림을 억제하며 겁먹은 듯 귀를 기울였다."
(도스토예프스키, 《지하생활자의 수기》[3] 중에서)

세계 문학사에서 손꼽히는 도스토예프스키의 《지하생활
자의 수기》에는 홀로 지하에서 생활하는 주인공이 등장한
다. 그는 타인들과 쉽게 어울리지 못하는 자의식 과잉 상
태로, 홀로 지내면서 온갖 공상을 이어간다. 다니던 직장
도 그만두고 타인을 항상 비난한다. 동시에 내심 그들과 어
울리고 싶은 마음도 지니고 있다. 그러나 스스로 지닌 너무
높은 기준, 또는 타인과 다른 기준 때문에 마음속으로 타인
을 멸시하기 일쑤에, 동시에 타인이 자신을 멸시하고 있다
고 믿는다. 단순하게 말하자면 '마음이 병든' 사람이다.

물론, 그의 특성을 오로지 병적인 증상이라고 정의할 수 없다. 그는 나름대로 고고한 이상을 알고 있으며, 그런 이상을 추구하기도 한다. 속물적이고 비열한 삶에 편입되느니, 차라리 아무것도 하지 않고 지하에 갇혀 사는 삶을 직접 택한 것이다. 그럼에도 타인들과 사이가 썩 좋지 않은 그런 상황이 계속되다 보니, 여러 면에서 마음이 취약한 상태를 유지하고 있다. 히스테리, 비난, 시기, 질투, 증오, 자책감, 자기혐오, 죄의식, 공격성 등 부정적인 감정으로 혼탁하게 점철되어 스스로 어찌하지도 못한 함정에 빠진 듯하다.

그의 내면은 너무 복잡하게 꼬여 버린 나머지, 다시는 다른 누군가가 내면의 소리를 들어 주고 꼬인 실타래를 풀기란 거의 불가능해 보인다. 타인에게 다가가고 싶지만 동시에 그를 경멸하고, 타인과 잘 지내고 싶지만 그를 지배하고자 하며 타인을 지배해 소유하고 싶어하지만 그 뒤에는 그를 버리고 싶은 마음, 세상 사람들을 무시하지만 동시에 자신이 더 모욕당할 만한 존재라고 자책하는 비난과 수치심의 모순, 본인이 고귀한 존재는 아니지만, 고귀한 이상을 알고 있다는 딜레마 등등…. 사람들을 바라보는 그의 왜곡된 시선과 복잡한 욕망이 뒤섞인 채 방치되었다. 사실 심리

상담사조차 이런 것들을 다 듣고 이해하고 수용해 치유하기 쉽지 않다.

그런 그가 단 한 명, '리자'라는 여성에게 그 모든 이야기를 털어놓는다. 그녀에게 말하면서도 심한 굴욕감과 자기혐오를 느끼지만, 어째서인지 그 앞에서는 마음에 쌓인 모든 이야기를 털어놓지 않을 도리가 없다. 리자는 그를 이해하고, 연민하며, 그에게 손을 내밀고자 한다. 즉, 그와 리자는 사랑의 관계로 진입하려 한다.

사랑은 예외다. 사랑은 온 세상 사람들과 소통 불가능한 내 안의 어떤 지점을 꺼내 놓게 한다. 담아두었던 상처나 도저히 감당할 수 없을 것 같은 내면을 공유하게 만들고, 폭발하듯 터져 나오게 한다. 받아들여질 리 없는 마음이 받아들여지는 순간이 사랑에 있고, 그렇기에 사랑은 때론 마음의 가장 절실한 치료제가 된다. 사랑에는 그렇게 이 세상의 법칙에 빗금을 치는 예외적인 성격이 있다.

그러나 소설 속 그는 결국 사랑에 뛰어들 용기를 갖지 못한다. 거의 사랑에 뛰어들어서 이제 남은 발 하나만 떼면 자신이 '이해받는' 초유의 세계에 들어설 예정이었다. 그러나 결국 그는 용기를 내지 못하고 물러선다. 그에게는 자기만의 세계에서 벗어나 부드러운 이해의 세계, 혼자가 아닌 둘의 세계, 용서받고 사랑받는 세계로 들어갈 자신이 없었다. 그는 본인의 이상(관념)에 집착하며 세상 모든 사람들과 자기 자신마저 비난하는 상태에 머문다. 사랑에 들어서려면, 인간은 자신이 불완전하다는 점을 스스로 인정해야 한다. 완전한 인간상에 대한 이상을 포기하고, 불완전한 신체에서 새어나오는 피를 사랑의 원료로 삼아야 한다. 그러나 그는 그 앞에서 멈추고, 다시 리자를 비난하고 쫓아낸다. 결국 다시 자기만의 지하에 본인을 가둔다.

그렇게 이야기는 끝이 나지만, 적어도 그의 마음이 폭발하며 사랑에 진입하는 그 순간에 대한 묘사만큼은 문학사에서 보기 드물 정도의 압권이라 평한다. 세상 모든 것을 버렸고, 또 세상 모든 것으로부터 버림받은 한 사람에게도 사랑이 때로는 예외로 그 가능성을 여는 일이 있다는 건, 거짓보다 진실에 가까울 것이다. 하지만 실제로 세상에서 그런 일들이 일어난다.

사랑에는 관념을 해방시키고 끌어안는 힘이 있다. 사랑 앞에서 온갖 트라우마와 피해의식을 쏟아내고 난 뒤에는, 사랑하는 사람이 내 눈앞에 남아 있다. 관념은 쏟아버린 물처럼 증발해 사라지고, 남는 건 눈앞의 사람과 나누는 사랑이다. 사랑하는 사람의 육성, 눈빛, 살갗, 포옹…. 그렇게 함께 있는 생생한 현실이 육박해 들어온다.

인간이란 관념 속에서 온갖 상처에 뒤엉켜 살아가는 존재가 아니다. 오히려 그런 관념을 털어낸 자리에서 진실이 드러난다. 인간은 사랑해야 하는 존재라는 진실이. 그런 사랑을 만나기 위해서는 단 한 줌의 용기만 있으면 된다. 이제 새로운 현실로, 새로운 시간으로 들어서서 자신의 삶과 자아를 새롭게 만들어나갈 그 한 줌의 용기만 있으면 된다.

당신보다 사랑을
사랑하는 이유

"내가 사랑하는 그 사람은 내 욕망의 특이함을 보여준다. (…)
수많은 사람 중에서 내 욕망에 꼭 들어맞는 이미지를 찾기 위해
얼마나 많은 우연과 놀라운 우연의 일치가 필요했던가!"

(롤랑 바르트, 《사랑의 단상》[4] 중에서)

사랑하는 사람과의 이별 앞에서 우리는 복잡한 감정을 느낀다. 저 사람과 너무나 함께 있고 싶고, 저 사람이 여전히 좋고, 과거의 추억들이 마구 터져 나온다. 이별이 눈앞에 다가왔음을 인정할 수 없다. 그래서 헤어지지 말자고, 계속 사랑하자고, 함께 데이트하고, 같이 있고, 곁에서 삶을 다시 만들자고 애원한다. 그런 복잡한 심경 안에서 드는 생각은 나보다 상대를 더 '잘 아는' 사람은 없다는 것이다. 이 세상에서 나만이 당신을 제대로 알고, 당신을 특별하게 볼 줄 안다. 나만큼 특별하게 당신을 사랑할 사람은 없다는

생각이 든다. 그래서 당신은 당신 자신을 위해서라도 나와 헤어지면 안 된다는 무언의 확신이 생긴다.

상당히 묘한 순간이다. 그 순간에는 다른 누구도 아닌 오직 나만 당신에 대해 '특별한 시선'을 가지고 있다고 믿는다. 나아가 당신이 내 곁에 있어야 하는 이유는 이 특별한 시선을 유지하기 위함이다. 나는 당신에 대한 특별한 시선, 즉 특별한 욕망을 지녔다. 지금껏 많은 사람과 소개팅도 하고, 썸도 타며 만났지만 당신만큼 나에게 '특별히' 마음에 드는 사람은 없었다. 그 말은 당신의 특별함을 이야기하지만, 그 이상으로 내 욕망이 특별하다는 점을 강조하는 것이기도 하다. 나는 특별함을 지키기 위해 당신이 필요하다. 나의 이 욕망을 포기하고 싶지 않다.

우리가 사랑하는 그 사람은 세상 모두에게 특별한 사람이 아니다. 많은 사람들이 내가 사랑하는 사람에게 시큰둥할 수 있다. 때로는 주위의 사람들이 내가 사랑하는 그 사람을 반대하기도 한다. 반대로 세상 사람들이 좋아할 만한 요소를 많이 지닌 사람, 쉽게 말해 인기 있는 사람이 내 연인일 수도 있다. 그러나 많은 사람들이 그를 좋아하든 아니든 상관없다. 나에게는 남들이 모르는, 연인에 대한 '나만의 지식'이 있다. 예를 들어 그는 남들이 볼 때는 그저 성격 좋고 스펙 좋은 사람이지만, 사실 그것이 전부가 아니다. 오히려 그에게는 남들이 모르는 상처나 이상한 습관이 있기도 하다. 하지만 나는 그것 때문에 그를 더 사랑한다. 남들이 모르거나 욕망하지 않는 어떤 특이하고 사적인 지점 때문에, 나는 그를 더 사랑한다. 그래서 그는 내 곁에 있어야 한다.

우리는 사랑이 나와 당신만이 맺는 관계라고 생각하기 쉽지만, 실제로는 나와 내 욕망이 맺는 관계이기도 하다. 나는 내 욕망을 사랑한다. 그 사람이 내 곁에 있어야 하는 이유는 이 특별한 욕망을 지키고 싶기 때문이기도 하다. 이 특별한 욕망이 주는 삶의 활기, 인생에서 무언가에 몰입하는 힘, 욕망을 채우기 위해 움직이는 힘까지…. 우리에게는 삶을 생기로 가득 채우는 이 욕망이 필요하다. 사랑을 할 때, 우리는 밤잠 이루지 못해도 그에게 달려갈 힘이 있다. 상사가 주는 모욕도 웃어 넘길 수 있는 내면의 무언가가 생긴다. 어느 순간, 당신은 내 안에 이 욕망을 존재하게 하는 수단이 된다. 그래야만 내가 삶을 더 안정적이고 생생하게 '체험'할 수 있기 때문이다. 이 특별한 욕망이 곧 나라는 사람과 내 삶의 특별함을 확증한다.

사랑하는 사람을 잃는 일은 때론 삶 전체를 잃는 일이다.

이별 이후, 그 무엇에도 의욕이 없다. 이 삶은 빛나지 않으며 여기에는 내가 원하는 게 없다. 우리는 거식증 환자처럼 세상의 모든 것을 거부한다. 삶이 끝나 버렸다는 감각은 더이상 욕망할 게 없다는 뜻이기도 하다. 이별은 나의 가장 특별하고도 소중한 욕망을 잃는 상실이다. 당신은 나를 위해 돌아와야 한다. 당신을 욕망하며 삶을 사랑할 수 있도록 내게 돌아와야 한다. 혹은 나에게는 다른 사랑이 필요하다. 다른 특별한 욕망으로 다시 내 삶을 살려내야 한다. 그렇게 우리는 사랑 속에서, 다름 아닌 사랑 그 자체를 사랑한다.

그러나 사랑의 이런 속성을 나쁜 것이라고 볼 수만은 없다. 오히려 만약 서로에게 그토록 사랑이 소중하다면, 두 사람은 그 사랑 안에서 사랑을 지키고자 노력할 것이다. 어쩌면 각자를 위해 서로가 필요한 셈이다. 그 이유가 어떠하든, 우리가 사랑을 하고 사랑을 필요로 한다는 사실은 부정할 수 없다. 나는 너를 사랑하기도 하지만, 나의 욕망을 사랑하기도 한다. 너 또한 그럴 것이다. 그리하여 우리는 계속 사랑 안에 있을 것이다.

사랑하는 사람은
기다린다

"나는 사랑하고 있는 걸까? - 그래, 기다리고 있으니까. (…)
사랑하는 사람의 숙명적인 정체는 기다리는 사람, 바로 그것이다."
(롤랑 바르트, 《사랑의 단상》 중에서)

사랑하는 사람은 기다린다. 사랑하는 이의 전화를 기다리고, 만남을 기다리며, 그와 문자 한 줄이라도 닿기를 기다린다. 그러면서 끊임없이 자신이 기다리는 사람을 상상한다. 그의 웃음, 그의 눈빛, 그의 몸짓이 눈앞에 어른거린다. 상상 속에서 이미 그와 만나고 있지만, 상상에서 벗어나 현실의 존재로 '현현(顯現)'하길 바란다. 누군가를 간절히 기다리고 있다면, 나는 아마 그를 사랑하고 있을 테다.

그때 기다리는 대상은 엄밀히 말해서 그 사람 자체가 아니다. 내가 기다리고, 만나고 싶어서 미칠 것 같은 그는 내 안에 '상상'으로 존재하는 어떤 사람이다. 소설 《위대한 개츠비》에서도 개츠비는 몇 년간 데이지라는 첫사랑과의 재회를 꿈꾼다. 그런데 재회의 순간, 개츠비는 눈앞의 데이지가 자기가 기다린 '상상 속'의 데이지와는 다르다는 걸 깨닫는다. 물론 그는 곧이어 현실의 데이지를 인정하고 받아들이고자 하지만, 그 '머뭇거림'의 순간은 기다림의 본질에 관해 알려주는 측면이 있다.

사랑의 기다림이란, 엄밀히 말해서 내 안의 '상상'에 대한 욕망에 가깝다. 그 상상은 실제 그 사람과 나 사이에 존재하는 어떤 기이한 대상과 비슷하다. 상상은 그 사람 없이 생겨날 수 없지만 그 사람 자체는 아니다. 마찬가지로 그 상상은 오로지 내 안에만 존재하는 망상은 아니다. 실제로 존재하는 그 사람을 가리키는 것이기도 하다. 하지만 그 상상이 곧 그 사람은 아니며, 오히려 우리를 기다리게 만들기 위해 나타난 내 안의 요정이나 악마 같은 '내 안에만 있는 존재'에 더 가깝다.

이는 사랑이 맺는 삼각 관계의 특성을 보여 준다. 사랑할 때, 우리는 나와 상대방, 그리고 내 안의 상상을 연결하는 삼각형의 관계를 맺는다. 나는 상대를 사랑한다고 하면서 사실은 내 안의 상상을 바라보고 있다. 상대를 간절히 기다린다고 하지만 상상 속 상대를 기다리고 있다. 상대를 이해하고 원한다고 하지만, 그것은 내 머릿속에서 윤색되거나 조작된 상대방이다. 인간은 상상을 통해 타인과 관계를 맺고 사랑한다.

그래서 이 상상을 어떻게 대하느냐에 따라, 현실 속 사랑의 관계는 천차만별로 달라지기도 한다. 만약 상대방이 나를 사랑하지 않는다고 혼자 상상한다면 어떻게 될까? 상대방의 모든 시선, 표정, 사소한 행동 하나하나가 나에 대한 무신경, 무관심, 미움으로 받아들여질 것이다. 상대방과 떨어져 있으면, 나에게 무신경한 모습과 달리 다른 사람에게 신경 쓰는 그의 모습이 상상된다. 그러다 혼자서 절망적인 기분을 느끼다가 대뜸 이별을 선언한다. 실제 상대방의 마음이 어떤지와 무관하게 마음속 상상과 맺는 관계가 현실 속 사랑의 관계를 결정지을 수도 있다.

반대로 상대방이 나를 사랑한다고 믿는 사람은 과감하게 고백을 하고, 사랑하는 관계로 진입할 수 있다. 상대방은 여전히 긴가민가한 상황이지만 나를 사랑한다고, 사랑할 거라고 철석같이 믿으며 만나다 보면 그런 믿음이나 용기에 호응하는 관계에 진입하기도 한다. 사랑에는 어떤 상상이 개입하느냐에 따라 그 판도가 달라진다. 사실, 우리가 상상하는 대로 믿을 수 있는 그 누군가를 사랑한다.

그렇기에 당신의 사랑에 문제가 있다면 '상상'이 문제의 원인이 아닌지 떠올려야 한다. 이 상상은 절대 불변하는 그 무언가가 아니라 규정하거나 수정하고, 다시 만들 수 있기도 하다. 사랑의 기술이란, 상상을 어떻게 관계에 이롭도록 정교하게 교정할 수 있는지 여부와 깊이 연관되어 있다.

그러니 사랑하며 불안한 마음이 들거나 교착 상태에 빠졌다고 느낄 때, 내가 마음속에서 어떻게 상대를 그리고 있는지 생각해 볼 필요가 있다. 마음속의 상대가 나를 미워하고 있는가? 그런데 혹시 상대도 지금 나의 연락을 간절히 기다리고 있지는 않을까? 단지 나에게 필요한 건 내가 마음대로 만든 상상을 수정하고, 조금 용기를 내는 일은 아닐까? 결국 사랑으로 다가가게 하는 힘은 자신의 내면에 있기도 하다. 내가 어떻게 상상하느냐에 따라 조금 더 용기를 지닐 수 있고, 그 용기를 딛고 사랑으로 한 걸음 더 다가갈 수 있다.

사랑은
범주를 부수는 일

"이건 내가 그려왔던 인생이 아니었다. 체격이 아주 작고,
나보다 일곱 살이 어리며, 자전거 경주에서 나를 이기고, 툭하면
나를 향해 어이없다는 듯 눈동자를 굴리는 여자를 쫓아다니는 것은.
그러나 이건 내가 원하는 인생이다. 나는 범주를 부수고 나왔다. (…)
그건 세상에서 가장 근사한 느낌이었다."

(룰루 밀러, 《물고기는 존재하지 않는다》[5] 중에서)

사랑은 "범주를 부수고" 나온다. 사랑하는 사람은 언제나 자기 안의 편견과 싸우게 된다. 달리 말하면, 사랑하는 사람은 옳은 것이라 믿었던 것, 당연하다 믿었던 것과의 전쟁 앞에 서 있다. 가령 나이 서른에 만난 두 사람은 일상생활의 습관에서부터 평가의 기준, 좋은 것의 기준, 아름다움의 기준, 꿈과 희망의 기준이 각자 다르다. 비슷한 지점 때문에 서로에게 이끌렸더라도, 모든 것이 완전히 같은 사람이란 존재하지 않기 때문이다. 그렇기에 사랑하는 사람은 계

속 '자기의 범주'와 싸우게 된다.

지금껏 나는 맛있다고 생각해 본 적 없지만 상대방이 너무나 좋아하는 음식이 있다면, 그런 식당에 예의상이라도 가기 마련이다. 평생 갈 일 없는 식당, 이를테면 한 번도 안 먹어 본 막창과 곱창을 파는 곳에 간다는 일 자체가 '자기 안의 범주'가 부서지는 일이다. 만약, 상대방이 좋아하는 걸 따라 음식을 먹기라도 하는 순간 그는 새로운 습성, 취향, 인생을 살게 될지도 모른다.

모든 사랑에는 그렇게 범주가 무너지는 순간이 있다. 특히 어떤 사랑은 사랑에 빠지는 첫 순간부터 범주를 부수며 시작한다. 룰루 밀러가 쓴 《물고기는 존재하지 않는다》는 평생 이성애자로 살아왔던 룰루 밀러가 동성인 여성에게 빠진 순간을 묘사한다. 그녀는 평생 자신을 묶는 이성애자라는 범주 안에 살아왔다. 그렇지만 어떤 여성이 자기 앞에서 수영하며 빛과 바다 속을 빠져 나가는 걸 본 순간, 자신이 그녀를 사랑할 수 있음을 알게 된다. 범주 바깥에서 무언가 들어온 것이다.

사랑은 범주 바깥에서 침투해 들어온다. 한 번도 사랑할 거라 생각하지도 못했던 어떤 종류의 사람이 갑자기 우리 앞에 나타나기도 한다. 안정적인 직장의 누군가를 만나고 싶다고 평생 생각해 왔지만, 사랑에 빠지는 건 불안정한 환경의 예술가일지도 모른다. 늘 같은 종교의 사람만을 만나겠다고 다짐해 왔지만, 정작 무신론자와 사랑에 빠져 온 집안이 들고 일어나 반대할지도 모른다. 사랑은 범주 밖에서 들어오고, 우리의 범주를 흔든다.

그렇다면 범주를 허무는 사랑이란 좋은 것일까? 그에 관해 쉽게 좋다, 나쁘다, 하고 평하긴 쉽지 않다. 누군가는 자신의 범주를 허물고 새로운 삶으로 나아가 새로운 존재가 되어가는 일이야말로 진정한 인생을 살아 나가는 일이라고 말할 수 있다. 그런 과정이야말로 바로 사랑이 창조가 되는 길이며, 삶을 새로 창조하는 방식이라고 말이다. 반대로, 누군가는 자신의 범주를 지키면서 삶을 굳건하게 쌓아 나가는 것이야말로 좋은 삶이라 말할지 모른다. 최대한 범주를 덜 허무는 사람을 만나 안정적으로 삶의 방식을 평생 지키는 것이 좋은 삶이라고 말이다.

사랑의 방식은 이 세상 사람 수만큼 다양하다. 그러므로 무엇이 꼭 좋고 나쁜 것인지를 따질 필요는 없다. 다만, 모든 사랑에는 심대하든 대수롭지 않든 자기의 범주를 허무는 순간이 있다. 일상의 사소한 습관이든 거대한 인생관이든 말이다. 그렇기 때문에 사랑하고 싶은 사람이 명심해야 하는 점은 '범주가 부서지는 일'을 두려워한다면 사랑도 없으리라는 것이다. 사랑한다는 건 어느 정도 자기를 뒤흔들 각오를 하겠다는 뜻이다. 그 흔들림을 최소한으로 줄이며 행복을 찾을지, 최대한으로 끌어올리며 행복을 찾을지는 각자에게 달린 문제다.

그럼에도 사랑이 우리의 '범주' 또는 '기준'을 인생에서 가장 심대하게 뒤흔들 수 있는 기회라는 점은 분명하다. 나를 뒤바꿀 수 있는 그런 기회가 살면서 매우 드물게 주어진다는 점도 아마 자명한 사실일 것이다. 만약 우리가 한 번뿐인 이 삶에서 조금 더 새로운 영토를 여행하고 싶은 마음이 든다면, 사랑만큼 근사한 안내자가 드물 것이다. 사랑의 손을 잡는 순간, 가장 중요하다고 믿었던 요소들의 순위가 달라지며 나는 새로운 세계로 들어설 수 있다. 마치 앨리스가 들어선 이상한 나라처럼 그곳은 카드 병정이 말하거나 거대한 토끼가 사는 세계일 수도 있다. 물론 로미오와 줄리엣처럼 사랑해서는 안 되는 사람을 사랑한 나머지, 비극에 치달을지도 모른다. 그러나 어떤 형태를 띠는지 상관없이 그 모든 게 사랑이라는 사실은 부정할 수 없다.

사랑의 역동성을
받아들이다

> "또한 그대들이 사랑의 길을 지시할 수 있으리라 생각하지 마십시오.
> 그대들이 사랑의 길을 갈 준비가 되면
> 사랑이 그대의 길을 지시할 것입니다."
>
> (칼릴 지브란, 《예언자》[6] 중에서)

사랑의 관계에 진입한 이후, 사랑하는 사람 안에서는 끝없는 교환이 일어난다. 서로의 역할은 고정될 수 없고, 계속하여 달라진다. 때로는 내가 당신에게 의지하기도 하고, 반대로 당신이 내게 의지하기도 한다. 어린아이 같은 역할을 맡은 사람이나 어른스러운 역할을 맡은 사람이 따로 정해져 있는 게 아니라, 상황에 따라 끊임없이 달라진다. 마치 우리 안에 무수한 자아가 있듯이 말이다.

관계의 초기에는 이런 '교환'이 낯설고 이상하다. 나는 어른스러운 그에게 반했는데, 그가 아이처럼 울고 있다. 혹은 알고 봤더니 그에게도 너무 유치한 점이 여럿 있다. 그가 부드럽고 상냥한 사람인 줄 알았고 그래서 교감하기 좋아서 그와 사귀기 시작했다. 그러나 알고 보니 그에게도 거칠고 투박한 면이 적지 않다. 세상 모든 사람이 그렇다. 인간은 소설이나 만화 캐릭터처럼 단면적이지 않고, 복합적이기 때문이다.

우리는 때에 따라 상대의 어린아이가 되거나 부모가 된다. 어느 때는 조언을 구하는 제자가 되었다가, 현명한 판단을 내려주는 스승이 된다. 사랑이란 내게 주어진 역할을 수행하는 감정이라기보다 시기와 상황에 따라 끊임없이 새로운 역할들을 부여받는 역동성 자체일 지도 모른다. 사랑한다는 것은 그러한 관계의 역동성 속으로 들어서는 일이다. 관계의 역동성이 주는 아름다움, 그 때문에 우리는 사랑을 한다. 아무리 강인한 사람이라도 무너지는 때가 있다. 사회적인 관계 속에 언제나 리더이고 강인한 사람이 되어야 했을지 몰라도, 누군가의 죽음이나 질병 같이 예기치 못한 비극 때문에 무너지는 순간이 있을 수 있다. 그럴 때 사랑하는 사람이 곁에 있다면, 나도 누군가에게 의지하고 울고 싶은 순간이 있는 사람이라는 걸 깨닫는다. 스스로를 늘 리더라고 믿었지만, 그런 순간에는 한없이 유약한 새끼 고양이 같은 존재가 된다. 그렇게 사랑하는 사람에게 안겨서 울 때, 우리는 삶의 아름다움이라는 걸 알게 된다.

달리 말하면 우리는 사랑에 진입했을 때 우리가 원하는 대로, 우리가 생각한 대로, 우리가 알던 대로만 모든 게 펼쳐질 거라는 기대를 버려야 한다. 사랑 속에서 우리는 가장 다양한 사람이 되며 가장 다양한 관계를 경험한다. 나는 이제 고정된 역할을 수행하는 존재가 아니라 사랑을 하는 사람, 사랑의 길을 따르는 사람, 사랑이 내게 부여하는 온갖 자아를 가진 사람이 된다. 그렇게 사랑의 길을 걷는 사람이 된다.

사랑은 기준을 바꾸고 범주를 부수며, 우리의 자아가 다양하다는 사실, 우리는 하나의 역할이나 모습에만 고정된 존재가 아니라는 사실을 알게 한다. 우리는 그 속에서 나 자신뿐만 아니라 인간이라는 존재 자체에 대한 이해에 한 걸음 다가간다. 우리는 고정불변하는 어떤 존재가 아니다. 우리는 오늘도, 내일도 새로 태어날 수 있는 존재다. 사랑의 길이란 그 변화를 마주하는 길이다.

사랑하는 사람은
세계를 구축한다

"사랑은 언제나
세계의 탄생을 목격할 가능성을 내포하고 있습니다."
(알랭 바디우, 《사랑예찬》[7] 중에서)

사랑하는 사람은 상대를 가만히 응시한다. 반면에 사랑
하지 않는 사람을 가만히, 오랫동안, 그렇게 바라볼 일이
없다. 보통 서로 승인받지 못한 그런 '응시'는 무례함이나
불쾌함을 불러일으킬 뿐이다. 그러나 사랑하는 사람 사이
에서는 그런 '바라봄' 혹은 '사랑의 응시'가 허용된다. 오히
려 서로가 서로를 바라보고, 바라보이길 바라는 마음이 깊
어진다. 그렇게 사랑하는 사람은 상대를 지긋이, 어느 때보
다 깊이 바라보게 된다.

그렇게 당신을 바라볼 때, 우리는 가끔 이 세계 전체를

함께 기억한다. 당신이 있는 노을, 당신과 있던 해변, 당신이 바라보고 있고 동시에 나도 바라보고 있는 어떤 풍경 혹은 세계를 함께 본다. 사랑하는 사람과 함께하지 않았다면 군이 공원 벤치에 앉아 몇 시간을 가볍게 재잘거리면서, 그보다 오랫동안 그 공간의 햇살과 나무와 사람들을 그리도 깊이 응시할 일이 없었을지도 모른다. 그리고 내가 보고 있는 바로 이 세계를 당신도 함께 바라보는 모습을 그렇게 깊이 느낄 일도 없을지 모른다. 그리하여 이 세계가 나와 당신에 의해 바라보이고 있고, 다시 말해 인식되고 있고, 그렇게 존재한다는 확신을 가질 일도 없을지 모른다. 결국 사랑 속에서 두 사람은 이 세계를 '목격'하게 된다.

알랭 바디우는 《사랑예찬》에서 사랑은 이처럼 세계에 대한 목격이자 세계를 구축하는 일이고, 세계의 탄생을 맞이하는 일이라고 말한다. 특히, 사랑에서 '아이의 탄생' 또한 이와 맥락이 같다고 본다. 사랑하는 둘 사이에서 태어나는 아이는 곧 부모에게 또다른 새 세계를 열어 보인다. 나는 그저 무심하게만 바라보던 세계를 아이가 유심히 관찰한다. 바람에 흔들리며 춤추는 나뭇잎들, 빨간 벽돌의 울퉁불퉁한 모양들, 보드라운 이불의 촉감, 찌릿한 탄산수의 맛 같은 것들 앞에 매번 새롭게 반응하는 아이를 통해 세계는 다시 한번 탄생한다.

　아이를 사랑한다는 것은 아이를 통해 탄생하는 세계를 목격하고 사랑한다는 뜻이기도 하다. 그렇기에 사랑은 언제나 세계의 발견이다. 흔히 우리는 누군가를 사랑한다고 할 때, 그 사람의 특성들을 열거하곤 한다. "그는 눈이 크고 예뻐.", "그는 존경할 만한 직업을 가졌어.", "그는 호기심이 많고 다정해." 같은 것들을 우리는 사랑의 표현이자 사랑하는 이유라고 이야기한다. 그러나 그런 대상의 속성에 머무르는 것은 어찌 보면 사랑의 일부에 지나지 않는다. 사랑은 나와 세계의 관계를 회복하고 사랑을 재확인하며, 세계를 다시 만들고 구축하는 일이다.

　그렇게 사랑하는 자는 세계 속에 들어선다. 우리는 사랑하는 사람이 되면서, 비로소 이 세계를 다시 구성한다. 당신을 사랑한 이 바닷가는 내가 홀로 경험한 바닷가와 다르다. 아이와 함께 거닐게 된 이 공원은 내가 혼자 산책하던 공원과 다르다. 사랑하면서 우리는 세계를 새로운 방식으로 경험하고, 기억하고, 저장한다. 세계를 새로 창조해 나가는 과정이다.

　대상에 고착된 사랑을 넘어서면 사랑하는 사람에게는 세계를 창조할 가능성이 생긴다. 그 세계에서는 모든 것에 대한 의미가 새로이 부여된다. 혼자일 때는 과일을 썰어 먹는 저녁 시간 같은 건 아무런 의미도 없었고, 원하지도 않았던 시간이었을지도 모른다. 그러나 새로운 사람과 만난 세계에서는 함께 과일을 썰어 먹는 저녁 시간이 너무나 소중한 나머지, 다른 모든 것보다 중요한 가치를 지닐 수도 있다. 세계의 발견은 그렇게 가치의 발견이자 가치의 재정립으로 진다. 사랑하는 사람은 그렇게 새로운 세계에서, 새로운 가치 속에서 삶을 창조한다.

달리 말하면, 사랑은 내 안의 기준이나 자아만 바꾸지 않는다. 사랑은 내가 존재하는 세계, 내가 경험하는 '세계 그 자체'를 바꾼다. 그 세계는 사랑 이전에는 없던, 경험할 수 없던 세계이다.

아이는 사랑을
감각으로 확인한다

늘 엄마와 아빠에게 사랑한다고 말하는 아이에게 사랑
이 무엇이냐고 물어보았다. 아이는 고민하다가 "안아주는
거"라고 말했다. 나는 내심 '많이 좋아하는 거' 정도를 기대
하고 있었기에 아이의 말이 생경하게 들렸다. 아이에게 사
랑은 아주 구체적인 무언가인 모양이었다. 기분 좋고, 따스
하고, 행복하고, 평안한 느낌을 주는 구체적인 행위 그 자
체, 즉 안아 주는 행위가 곧 사랑인 것이다.

그 순간 나는 롤랑 바르트를 떠올렸다. 그는 섹스가 아
닌 껴안음이야말로 진정한 '충족'의 사건이라고 적는다. 이

충족감, 또는 충일감 앞에서 욕망은 폐기된다. 욕망의 다른 말은 결핍이다. 우리는 평생 내 안의 구멍을 메우기 위해 무수한 것들을 욕망하며 살아간다. 돈, 명예, 이성, 인기 등 그 모든 것들은 궁극적으로는 채울 수 없는 갈망을 일시적으로만 덮는 환영이다. 롤랑 바르트는 포옹이 그 끝없는 결핍과 욕망의 연쇄를 꺼뜨리는, 충일의 순간이라 말한다.

완벽한 껴안음의 순간에, 우리는 더는 아무것도 원하지 않고 그저 그 따사로운 평온으로 완전하게 채워진다. 그 속에서는 다른 모든 욕망의 작동이 정지하며, 그저 '괜찮은' 상태가 된다. 욕망과 결핍이 인생을 계속 어딘가로 이끌고 간다면, 포옹과 충일은 우리를 여기에 머무르게 한다. 꼭 껴안고 있으면 불안에 떨며 채우기 위해 무언가를 쫓지 않아도 괜찮다. 그래서 바르트는 포옹이야말로 사랑에서 최고의 순간으로 꼽는다.

어느 겨울, 며칠 동안 보지 못한 사랑하는 사람을 기다리며 발을 동동 굴리다가 멀리서 사랑하는 사람이 보이기 시작해 잰걸음으로 걸어가 서로를 포옹하는 순간, 세상은 정지한다. 주위에 아무리 수많은 사람이 있어도 타인의 시선은 아무래도 좋은, 미미한 것으로 멈춰버린다. 사는 내내 마라톤 하듯이 어딘가 달려왔지만, 그 순간만큼은 여기가 종착지라고 느낀다. 포옹은 끝없는 욕망이 아니라 충일한 정지다.

아이는 언젠가 "왜 아빠보다 엄마가 더 좋아?"라는 나의 볼멘소리에 이렇게 대답한 적이 있다. "엄마가 더 많이 안 아주니까." 그 말을 듣고 나는 꽤 반성했다(물론, 나는 나의 역할이 있다고 생각해서 주로 격렬하게 몸으로 놀아주거나 악당 역할을 해준다). 아이에게 사랑이란, 아주 구체적인 감각이다. 어른들이 따지기 바쁜 능력이니 미의식이니 하는 것들이 아니라, 가장 직접적이고 섬세하며 생생하게 존재하는 감각의 향연이다. 아이는 그 누구보다 그것을 정확하게 알고 솔직하게 말할 줄 안다.

사랑이 포옹이고 충족이라면, 이 일은 확실히 '욕망이라는 현실' 바깥에 있다. 우리는 사랑하는 사람의 품 안에서 자신을 몰아세우던 모든 욕망들로부터 벗어나 잠시 평안을 얻는다. 세상이 요구하는 기준들이 꺼지면서 사랑의 기준이 도래한다. 그 순간, 사랑의 기준이란 그저 사랑하는 사람을 꼭 안아주는 것이다. 그 순간, 사랑하는 사람은 세상이 요구하는 모든 기준, 그 기준들로부터 탄생하는 결핍, 다시 그 결핍을 채우려는 욕망까지 그 모든 삼중주의 공격에 대한 보호막이 된다. 사랑은 그렇게 '현실 바깥'에 우리를 데려다 놓고 현실을 다시 보게 한다.

　사랑은 우리의 기준과 범주를 바꾸고 우리에게 새로운 세계를 열어 보인다. 그 세계 중 하나는, 충일로 완벽한, 결핍과 욕망이 잠시 중지한, 마치 어릴 적 어머니의 품과 같은 세계이다.

사랑은
정확한 관심

바야흐로 스마트폰의 시대다. 불과 몇 년 전까지만 하더
라도, 사람들은 자신이 지나치게 휴대폰을 보는 건 아닌지
죄책감이나 죄의식을 느끼곤 했다. 이를테면 자신이 '휴대
폰 중독'이 아닌지 의심하며 휴대폰 사용을 자제하려고 하
기도 했다. 그러나 이제 대부분의 사람들은 스마트폰을 항
상 들고 다니는 일에 죄책감을 느끼지 않는다. 지하철에서
만 해도, 거의 모든 이가 지하철 탑승칸에 내릴 때까지 스
마트폰을 들여다보고 있다. 화장실이나 복도, 엘리베이터
등 언제 어디서나 스마트폰을 자연스럽게 보고 있다. 잠잘

때를 제외하고는, 스마트폰은 항상 우리 시선의 끝에 닿아 있다. 스마트폰은 이제 확고부동한 삶의 일부가 되었다.

노리나 허츠는 이렇게 우리 삶의 관심이 스마트폰으로 지속적으로 빼앗길수록 우리를 더 '외롭게' 만든다고 지적한다. 실제로 카페에 가면 일행들이 서로를 앞에 두고 각자 휴대폰을 들여다보는 일에 열중하는 모습을 쉽게 볼 수 있다. 가족들이 오랜만에 외식하는 자리에서도 저마다 자기 휴대폰을 들여다보기에 바쁘다. 같이 있지만, 같이 있는 게 아니다. "함께이지만 혼자다."

사랑은 시간과 정성, 달리 말하면 '정확한 관심'을 축적할 때만 지속한다. 우리는 무엇이든 시간을 들여 관심을 가질 때만 그것을 사랑할 수 있다. 집안에 새로운 화분을 놓았다면 그 화분에 자주 관심을 가지며 물을 주고, 잎을 닦아 주고, 새로 핀 꽃에 관심을 가진 그 순간에만 우리는 그 화분을 사랑할 수 있다. 그러나 화분을 그냥 내버려 둔다면, 그 화분을 사랑할 다른 방법은 없다.

곁에 있는 사람에 대해 그 사람에게 실제로 시간을 쓰고, 그 시간 동안 정확한 관심을 부여하면서 눈을 맞추고, 이야기를 듣고, 함께 무언가를 해 나갈 때 사랑이 유지된다. 함께 있어도 다른 데 정신이 팔려 서로에게 관심도 없다면,

그걸 '사랑하는 상태'라고 부르기는 어려울 것이다.

물론 때로는 함께 있으면서도 각자 책을 읽거나 각자의 관심사를 들여다보며 시간을 보낼 수 있다. 그 속에서 안정감과 편안함을 느낄 수 있지만, 수시로 스마트폰에만 정신을 빼앗기는 건 다른 문제다. 서로를 마주 보며 이야기해야 하는 시간이나 자리에서도 문자 메시지나 SNS에 더 관심이 기울어 있고 그런 시간들로 하루가 가득 차 있다면, 서로를 제대로 본 시간이 하나도 없다고 말할 수 있다.

육아에서는 형식적으로 하루 종일 아이 곁에 있으면서 혼자서 스마트폰 하는 것보다 아이와 집중에서 놀아주는 30분이 훨씬 중요하다. 그만큼 깊이 아이와 교감하고, 공감하며, 서로의 존재를 깊이 인식하기 때문이다. 연인 간의 사랑이나 부부 사이의 사랑에서도 핵심은 얼마나 서로의 말을 경청하고 서로에게 집중하는지에 달려 있다. 우리 시대가 외로움의 시대라면, 그 시대와 싸우는 유일한 방법은 곁에 있는 사람에게 집중하는 것이다.

사랑은 시간이고 집중이다. '정확한 관심'을 보여주는 것이다. 사랑은 우리가 정확하게 바라보면서 시작되고 지속된다. 사랑은 내 앞에 도래한 세계에 대한 목격이자, 그에 호응하여 변해 가는 자기 자신에 대한 인정이기 때문이다.

그렇기에 사랑에도 노력이 필요하다. 다름 아닌 당신을, 당신이 있는 세계를, 우리가 함께하는 시간을 제대로 보는 노력 말이다. 그를 통해서만 사랑이 열어 주는 길을 걸어 사랑의 세계에 들어설 수 있다.

〈라라랜드〉
만나고 헤어지는
운명에 관하여

꿈과 사랑의 경계에서

영화 〈라라랜드〉는 꿈을 가진 두 사람의 사랑에 관한 이야기다. 세바스찬은 재즈에 대한 사랑과 열망을 지켜내고 싶어 하고, 미아는 무대 위와 카메라 앞에 서고 싶어 한다. 세바스찬은 자신이 사랑하는 것들이 잊혀 가는 것에 아쉬워하고, 미아는 자신을 향한 관객들의 사랑과 찬사를 갈망한다. 세바스찬에게 중요한 것이 재즈를 보존하여 사람들에게 받아들이게 하는 일이라면, 미아에게 필요한 것은 자기를 표현하며 사람들로부터 받아들여지는 일이다. 둘은 꿈을 가지고 있다는 점에서는 비슷하지만, 그 욕망의 모습과 방향에는 차이가 있다.

두 사람은 각자의 꿈을 가지고 있는 서로를 사랑한다. 아직 둘 다 꿈을 이루지 못한 상태이지만, 서로의 꿈을 응원해 주고 지지해 줄 수 있는 존재가 나타났다는 사실에 기뻐한다. 세바스찬은 미아에게 오디션에 집착하기보다는, 원래 그녀가 좋아했던 대로 스스로 이야기를 쓰고, 일인극을 하며 자신의 꿈을 실현해가는 '혁명적인 길'을 가라고 조언해 준다. 미아는 원래 재즈 같은 옛 음악에는 관심이 없었지만, 세바스찬을 통해 재즈를 좋아하게 된다. 재즈의 가치와 매력을 알게 되면서, 어떤 식으로든 세상에서 잊혀가는 재즈를 이어가고자 하는 세바스찬의 꿈도 진심으로 지지해 준다. 나중의 일이지만, 세바스찬은 미아가 그의 꿈에 공감하며 지어준 이름인 'seb's'라는 클럽을 차리게 된다.

세바스찬과 미아는 서로를 만난 덕분에 '꿈속'에 갇혀 있을 수 있게 된다. 사랑으로 서로의 열망을 지켜주면서, 서로의 삶을 기대해 주고, 현실에 얽매인 상태에서 벗어나 새로운 방식으로 꿈을 꿀 수 있게 된다. 비록 현실적 성공과는 거리가 있을지언정, 세바스찬은 재즈에, 미아는 연극에 몰두하며 지낸다. 하지만 이러한 상태는 임시적이다. 꿈과 사랑 속에서 언제까지나 있을 것만 같았던 그들의 삶에 조금씩 균열이 생긴다. 둘은 각자의 방식으로 조금씩 다시 현실을 마주한다.

세바스찬은 우연히 미아가 어머니와 통화하는 것을 듣게 된다. 미아의 어머니는 현실적인 능력에 관해 이야기하고, 미아는 그런 것은 크게 중요하지 않다고 말한다. 하지만 세바스찬은 미아와 미래를 함께하기 위해서 자신에게 안정적인 벌이가 있어야 한다고 혼자 생각한다. 여기에서 한 번, 세바스찬이 오랫동안 가지고 있었던 재즈에 대한 내면의 꿈은 두 사람이 함께 사는 현실의 꿈으로 이동한다. 세바스찬에게 더 이상 중요한 것은 재즈가 아니라 '미아와 함께하는 삶'이다. 그것은 미아의 어머니가 걱정하고 기대하는 대로, 안정적인 수입을 바탕으로 한 현실적인 삶이다. 그래서 세바스찬은 자신의 오랜 꿈을 뒤로하고 현실과 타협하여 대중적인 음악을 하는 밴드에 들어가 큰 수입을 얻는 삶을 택한다.

하지만 안타깝게도 그렇게 시작된 삶으로 인해 세바스찬과 미아는 다투게 된다. 미아는 다시 세바스찬에게 무엇이 '중요한지' 묻는다. 당신에게 정말로 중요한 것은 재즈가 아니었냐고, 지금 당신이 하는 일은 정말로 당신이 원하던, 당신의 중요한 것이 맞느냐고 묻는다. 그런데 이미 세바스찬에게 더 중요한 것은 재즈가 아니라 미아와의 삶이 되었다. 그래서 그는 미아도 자기처럼 두 사람이 함께하는 삶을 더 중요하게 여기길 바랐다. "연기보다 더 중요한 건 우리 두 사람이 함께 하는 삶이야." 세바스찬이 계속해서 하는 말은 이와 다르지 않다.

두 연인의 엇갈린 욕망

미아도 물론 세바스찬과 함께하는 삶을 원했다. 하지만 그것이 세바스찬이 제멋대로 결정한 방식대로는 아니었다. 세바스찬은 자신이 밴드 활동을 하며 안정적으로 돈을 벌면 미아는 그와 함께 콘서트 투어 등의 여행을 따라다니면서, 어디에서든지 틈틈이 연기 연습을 하고 대본을 쓰는 삶을 살기를 바랐을 것이다. 그런 방식으로도 두 사람이 충분히 행복할 수 있으리라 믿었다. 하지만 미아는 그런 삶을 원하지 않았다. 미아는 다시 이전으로 돌아가길 바랐다. 두 사람이 지금 여기에서 이전부터 그랬듯 머무르며 그는 원래의 꿈이었던 클럽을 차리고, 자신도 글을 쓰고 연기를 하는 삶을 말이다.

그런데 영화의 흥미로운 점은 결국 마지막에 떠나는 사람이 미아라는 점이다. 세바스찬이 떠나고 미아가 머무르면서 균열은 시작되었다. 하지만 결말은 세바스찬이 머무르고 미아가 떠나는 것이 된다. 그 이유는 그들에게 '원래의 욕망'이 그랬기 때문이다. 즉, 원래 머무르기를 바랐던 사람은 세바스찬이었고 떠나길 바랐던 사람이 미아였다. 세바스찬은 재즈라는 과거에 머무르고, 또 과거를 클럽이라는 현재의 이곳에 정착시키길 바랐다. 하지만 미아는 화려하게 펼쳐질 미래의 어딘가, 자신이 빛날 수 있는 다른 곳을 원했다. 그들은 그렇게 원래의 욕망을 따라 원래의 삶이 부르는 길을 따라 서로로부터 멀어진다.

이는 마치 욕망의 운명을 이야기하는 것 같다. 사랑은 서로에게 각자가 가지고 있던 욕망을 전염시킨다. 하지만 결국에 인간은 자신의 '원래' 욕망으로 돌아갈 수밖에 없다.

떠나고자 했던 이는 사랑으로 인해 잠시 머무르고자 할 수 있지만, 결국에는 떠나고야 만다. 머무르길 원했던 이는 사랑하는 이와 떠나길 바랄 수 있지만, 끝내는 머무르는 길로 들어선다. 사랑은 각기 다른 삶을 끌어들이고 그 삶을 맛보게 하고서는, 다시 우리를 원래 자리로 돌려놓는다. 일종의 변증법적인 과정이 욕망의 여정에도 적용되는 것이다.

세바스찬의 서사는 중요한 것(꿈)을 지키다가 더 중요한 것(연인)을 향해 자신을 변화시켰다가, 다시 중요한 것(꿈)으로 돌아오는 이야기다. 반면 미아의 서사는 중요한 것(꿈)을 놓지 않으면서도 그와 거의 동등한 가치의 중요한 것(연인)을 얻었다가, 후자의 중요한 것을 버리고 전자의 중요한 것을 택하는 이야기다. 둘 다 원래의 중요한 것으로 도달하기는 하지만, 더 중요한 것을 포기하는 서사가 포함된다는 점에서 근본적으로 세바스찬이 패배할 수밖에 없는 구조다.

한편으로 이러한 구조는 기존의 가부장적 남녀 역할의 서사가 역전된 것이기도 하다. 원래, 일반적인 가부장적 서사에서 여성은 남성을 따라나서며 자신의 이야기를 변형시

키거나 포기한다. 남성의 서사는 욕망의 변화를 겪더라도 성공한다. 특히, 이러한 구도는 〈라라랜드〉와 거의 유사하게 재즈 뮤지션과 연인의 이야기를 다룬 〈본 투 비 블루〉에서 적나라하게 드러난다. 미국의 유명 재즈 뮤지션인 쳇 베이커의 이야기를 다룬 이 영화는 자기의 욕망을 따르고 떠나는 남자, 그를 따르다가 버려지고 머무는 여자의 이야기가 전통적인 서사구조 속에 자리 잡혀 있다. 그러나 〈라라랜드〉에서는 이러한 구조가 뒤집히며 반전이 일어난다.

남성이 여성을 위해 자신의 원래 꿈을 포기했다. 기존의 공식대로라면 이 욕망은 성공에 이르러야 한다. 여성은 남성의 결단에 감동을 받고 두 사람은 함께 머무르며 행복해야 한다. 그러나 이 서사에서는 남성이 혼자 변화하고, 포기하고, 버려진다. 여성은 처음부터 끝까지 원래의 욕망을 지켜내고, 떠나고, 성공한다. 여기에서 '남자는 항구, 여자는 배'다. 그들이 처음 서로를 만나 사랑할 때는 남자도 항구, 여자도 항구였다. 세바스찬이 투어를 다니는 동안만큼은 남자는 배, 여자가 항구였다. 하지만 그 삶은 미아에게 맞지 않는 것이었다. 어쩌면 세바스찬에게도 맞지 않았다. 그래서 그들은 원래 각자의 욕망으로 되돌아간다.

정답인 삶은 없다

〈라라랜드〉는 삶의 미완성과 분기점에서 만난 두 사람의 이야기이다. 그들은 각기 다른 욕망에서 출발했고, 그들이 함께하기 위해 그 욕망은 변형되고 수정될 여지가 있었다. 동시에 유지되고 고집될 여지도 있었다. 욕망의 고집으로 결론이 나기는 하지만 그것은 필연이라기보다는 선택이었다. 미아와 세바스찬이 서로를 만나지 않았으면 어떻게 되었을까? 결론은 바뀌지 않았을지도 모른다. 세바스찬도 음악에 관한 여러 방황을 겪다가 클럽을 차리고(클럽의 이름은 바뀌었겠지만), 미아도 연기에 관한 다양한 실패를 겪다가 배우가 되었을 수 있다. 물론, 그러지 못했을 수도 있다. 그것이 원래의 욕망이었다는 점에서 그들의 삶이 그렇게 이르는 것은 자연스러운 일이다.

결국 그들은 서로를 만났지만 서로의 삶을 바꾸지 못했다. 세바스찬이 섬세하게 소통하고 합의하는 방법을 잘 몰랐기 때문일 수도 있고 미아가 지나치게 고집이 강했기 때문일 수도 있다. 사랑이 꼭 욕망을 바꾸어야 하는 건 아니지만, 사랑이 욕망을 바꿀 수 있는 것도 사실이다. 바뀐 욕망의 삶, 새로운 꿈을 살아가는 것이 어쩌면 더 진정한 사랑의 실현에 가까울지도 모른다.

하지만 누구도 두 가지의 삶을 살아볼 수는 없다. 바뀌는 것이 옳은지, 바뀌지 않은 것이 옳은지는 알 수 없는 노릇이다. 어느 쪽이든 삶이 내어주거나 빼앗는 것은 있다. 우리는 삶에 이끌려간다고 생각하는 순간에도 어떤 선택을 하고 있다. 내심 계산은 우리 안에서 끝나 있을지도 모른다. 사실 우리는 자신이 무엇을 잃어도 되는지, 혹은 무엇을 잃으면 안 되는지를 이미 알고 있을지도 모른다. 무엇이 '자신에게 더 중요한지'에 관해 비난할 수는 없는 노릇이다. 더 중요한 것은 어떤 식으로든 삶에서 새어 나오거나 터져 나오지 않겠는가. 어쩌면 이 영화는 그에 관해 말하고 싶었는지도 모른다. 결국 삶은 '가장 중요한 것'에 이른다는 사실에 관해서 말이다.

2장

당신이라는
세계를 향해,
관계

사랑은
가치의 재창조

"그는 데이지에게서 시선을 떼지 못했다.
내 생각에 그녀의 사랑스러운 눈동자가 보이는 반응에 따라
그 집의 모든 것들의 가치를 재산정할 작정인 것 같았다."

(피츠제럴드, 《위대한 개츠비》[9] 중에서)

피츠제럴드의 《위대한 개츠비》는 흔히 개츠비의 첫사랑인 데이지에 대한 순정과 다시 그녀를 만나려는 지고의 노력에 관한 이야기라 알려졌다. 개츠비는 5년 전 데이지라는 여성과 사랑을 나눈 뒤, 전쟁터에 다녀오면서도 그녀를 잊지 못해 다시 만날 계획을 세운다. 상류층 여성인 데이지를 다시 만나기 위해서는 자신도 그만한 부를 얻어야 한다고 생각한 개츠비는 수단과 방법을 가리지 않고 돈을 번다. 그 후 데이지가 사는 고장에 거대한 저택을 사들이고 수시로 화려한 파티를 열어 자연스레 데이지와의 재회를 시도

한 끝에 다시 만나게 된다. 하지만, 이 이야기는 결국 사랑의 실패라는 비극으로 끝나게 된다.

《위대한 개츠비》는 전 세계에 수천만 부가 팔렸고, 지금도 매년 수십만 부가 팔리고 있을 정도로 전세계 사람들이 탐독하고 있는 고전이다. 그만큼 다양한 해석과 평가를 낳고 있다. 누군가는 개츠비의 순정과 노력에 찬사를 보내지만, 누군가는 이미 결혼한 여자를 쫓아다니다 파멸한 스토커에 불과하다고 비난하기도 한다. 나도 이전 저서 《고전에 기대는 시간》에서 주인공 개츠비의 위대함과 어리석음에 관해 이중적인 평가를 했다. 내면의 희망만을 믿고 견뎌낸 그 끈기와 인내심은 인정할 만하다. 하지만 동시에 그렇게 자기 자신을 헌신할 대상인 '데이지' 혹은 '첫사랑'이라는 존재 자체가 그만한 가치가 있는지 등에 대해서도 미리 성찰하지 못했고, 그래서 어리석다는 것이 내가 내린 결론이었다.

그럼에도 《위대한 개츠비》에서 사랑에 관해 참으로 깊은 통찰을 보여준 장면이 있다. 개츠비가 데이지와 5년 만에 다시 만나고, 그녀의 시선으로 자기가 쌓아 올린 모든 가치를 재평가하는 순간이다. 그는 데이지의 눈길이 닿는 자기 재산을 그녀의 시선을 따라가면서 일일이 그 가치를 재산정하는 느낌에 사로잡힌다. 실제로도 그럴 의지로 가득 차 있는 것처럼 보이기도 한다. 그는 실제로 그 순간 사랑 한 가운데에 서 있는다. 바로, 사랑하는 사람에 의해 자기 삶을 '재평가' 한다는 점에서 말이다.

사랑은 가치의 재산정이다. 우리는 사랑하는 사람을 만나면서 일생일대의 기회를 하나 얻는다. 그것은 바로 인생에서 내가 믿어 왔던 가치의 재조정이다. 물론 사람과 사람은 비슷한 가치관을 가진 사람을 선호하지만, 존경하고 사랑하는 사람으로부터 내 가치관을 존중받는 것 또한 중요한 경험이다. 그렇기에 사랑의 면모 중 참으로 멋진 측면을 하나 꼽자면, 사랑하는 사람을 만나면서 인생에 한 번쯤은 자기가 가치 있다고 여기는 것들을 바꾸거나 수정하고 재창조하는 기회를 얻게 된다는 점이다.

이전까지 무가치했다고 여겼던 나와 내 삶의 어떤 측면들이 사랑하는 사람에 의해 또다른 가치가 부여되기도 한다. 어떤 사람은 자신의 쌍커풀 없는 눈이나 동글동글한 콧방울 모양이 싫었을 수 있지만, 사랑하는 사람은 바로 그런 측면에 그도 몰랐던 가치를 부여해 주기도 한다. 당신이 그런 눈을 가져서 좋아, 당신이 그런 코를 가져서 좋아. 그렇게 스스로를 더욱 사랑할 수 있는 가치 평가의 기준을 얻는다. 그동안 나의 목소리, 나의 생각, 나의 감성, 나의 취향들이 별반 가치가 없는 거라 믿었을지라도, 사랑하는 사람에 의해 가치가 부여되고, 가치가 재산정되기도 한다.

반대로 가치 있다고 믿었던 생각을 무너뜨리는 일도 일어난다. 지금까지 나는 돈을 최고의 가치라 믿었고, 인생에서 더 큰돈을 버는 것만을 목표로 살아왔을 수도 있다. 그런데 사랑하는 사람과 만난 어느 날, 그가 내게 이야기한다. "나는 돈을 무작정 많이 버는 것보다는, 당신과 함께 있는 시간이 더 좋아. 값비싼 레스토랑보다 그저 오늘 저녁 공원 벤치에서 김밥을 까먹는 게 좋아. 너무 큰돈을 버느라 삶의 많은 시간을 쓰는 것보다는 적게 벌고 함께 많은 시간을 보내는 것이 좋아."라는 그 '가치 부여'가 인생을 통째로 바꾸기도 한다.

사실 살면서 많은 고민을 했다 하더라도 나의 가치관이 항상 절대적으로 옳을 리 없다. 마찬가지로 상대방의 가치관이 절대적으로 옳지도 않다. 《위대한 개츠비》에서만 해도 데이지는 돈과 명품 등에 가장 큰 가치를 부여하는 속물처럼 보이기도 한다. 하지만 사랑하는 사람이 취할 수 있는 바람직한 태도라는 게 있다면, 자기 자신을 근본적으로 '상대방 입장'에서 볼 줄 아는 데 있을 것이다. 상대방의 시선에 따라 그가 무엇에 가치를 부여하는지 알고 때로는 그것을 적극적으로 받아들이고, 때로는 비판적으로 받아들이면서 사랑의 관계를 형성해 나가는 자세가 매우 중요한 '사랑의 태도'일 것이다.

물론 개츠비에게 여러 비판할 만한 점이 있을 수 있다. 그러나 한편으로 '사랑하는 사람'의 시선에 따라 가치를 재산정하고자 했다는 점에서는, 사랑에서 매우 중요한 태도를 지녔다. 사랑하는 일이란 두 사람이 끊임없이 각자의 가치를 의심하면서 상대방의 가치를 고민하고, 그렇게 함께 둘만의 가치를 창조해 가는 일이다. 그렇게 사랑은 가치를 쌓고 삶이 된다.

믿음의 연습

"친밀감을 가지려면 사람을 믿어야 한다. (…) 그러한 행동은
초기 애착 경험과 매우 밀접하게 관련된 감정적 기술을 바탕으로 한다."
(조나 레러, 《사랑을 지키는 법》[10] 중에서)

조나 레러의 《사랑을 지키는 법》에서 인용한 심리학자
앨런 스루프의 말이다. 어린 시절에 형성한 부모와 아이 간
애착 관계가 얼마나 중요한지에 대한 맥락에서 나온 이야
기지만, 이 원칙은 인생 내내 이어진다. 우리가 누군가를
사랑하고 그와 친밀감을 느끼려면 먼저 그를 믿어야 한다.
그러나 사회생활 속 인간관계에서 그런 믿음이 가득 피어
오르기란 쉽지 않다. 보통은 가능하면 솔직한 감정들을 숨
기기도 하면서 서로 경계하고, 자신의 치부가 될 수 있는
사실을 감추면서 '적절한 거리' 속에서 관계를 맺게 된다.

타인에게 자기 이야기를 적당히 숨기고, 서로가 편안한 선에서 거리 두며 관계 맺는 기술은 우리 인생의 상처와도 관련되어 있다. 어린 시절이나 학창 시절, 혹은 사회생활을 겪으면서 누구나 관계 속에서 상처받게 된다. 인생에 공통된 하나의 진실이 있다면, 관계에서 상처받지 않는 사람이란 존재하지 않는다는 점이다. 우정이든, 사랑이든, 사제지간이든, 부모와 자식 간이든, 누구나 관계 속에서 상처를 받기 마련이다. 그런 상처들이 쌓이면서 우리는 상대를 '믿기'보단 상대를 적절히 '경계'하는 방법을 익힌다.

　실제로 수많은 사람을 만나다 보면 그런 기술은 필수적이다. 적당히 서로에게 예의를 지키면서 크게 상처 줄 일 없이, 안전하게 거리를 두고 타인을 만나는 일이 필요할 때가 훨씬 많다. 반대로 누군가와 진정으로 친밀한 관계를 맺고자 한다면 그 거리를 뛰어넘어야 한다. 타인에 대한 의심이나 방어기제를 잠시 내려놓고 그를 믿어야만 하는 순간이 있다. 그런 믿음의 순간을 넘어야 나 자신부터 상대를 믿을 수 있게 된다.

　사랑이라면 더 말할 것도 없다. 대개 사랑이란 상대에 대해 조심스러운 탐색과 밀고 당기기를 반복하며 자신의 단점은 감추고 상대를 장점으로 매혹하는 것에서부터 시작한다. 그러나 서로에 대한 조건을 비교 및 탐색하고 성향이나 성격에 대한 기초적인 파악이 끝나 비로소 사랑에 본격적으로 접어들기 시작하면 점점 더 강한 믿음이 필요하다. 상대를 믿고 차츰 나의 솔직한 측면들을 보여주어야 한다. 혹시 상대에게 받아들여지지 않을까 두려워 감추었던 부분들도 서서히 드러난다. 그러다 그런 측면들까지 비로소 상대가 받아들인다고 믿게 되면 서로에게 진정한 친밀감을 느끼고 관계가 가까워진다. 단순히 멋지고 이상적이었던 상대방은 어느덧 나의 '친밀한 곁'이 되어 간다. 진정한 관계가 맺어지기 시작하는 것이다.

친밀한 관계를 형성하는 필수 요건인 믿음은 위험을 감수할 수 있는 결단의 능력이다. 사랑하는 이에게 자신의 존재를 거절당할 수 있다는 위험, 그로 인해 상처받을 수 있는 위험을 향해 마음을 집어 던지는 일이다. 앨런 스루프는 이런 '믿음의 능력'이야말로 사랑할 수 있는 능력이자 관계 맺을 수 있는 능력이라 말한다. 그리고 이런 능력을 갖추기 위해서는 유아 시절 부모로부터 받은 애착, 즉 농도 짙은 사랑이 있어야 한다고 생각할 수 있다. 아이들은 부모의 사랑을 받으며 그 사랑을 믿고 미지의 세계로 모험하기 시작한다. 사랑받을 수 있다는 걸 알기 때문에 상대를 믿고 자기를 내어줄 수 있다.

　상처받는 걸 두려워하지 않고 사랑하는 것 또한 일종의 능력이다. 그 능력은 우리 인생에서 가장 소중한 '친밀한 관계'들을 만들어낼 거의 유일한 방법이기도 하다. 어쩌면 누군가는 어린 시절 부모나 주변의 누군가에게서 그 능력을 얻지 못했을 수도 있다. 그러나 인간의 운명은 결코 절대적이거나 결정적이지 않다. 오히려 인간에게 정해진 운명이 있다면, 모든 사람들은 종국에 누군가를 사랑할 수 있다는 것이다. 그러므로 누구든 삶의 어느 시점에 필요하게 될 그 믿음을 연습해야 한다. 누군가를 사랑하고, 함께 그 사랑 속으로 들어서기 위한 믿음의 연습을 말이다. 사랑에는 믿음이라는 태도가 반드시 필요하다.

사랑은 당신의 궤도를
따라 도는 것

"사랑을 하면 우리는 사랑의 대상이 내게 오기를 기다리지 않고 내가
그 대상에게 가서 그 안에 존재하려 한다. (…) 그 대상이 나를
중심으로 내 주위를 도는 것이 아니라 내가 그 대상이 만든 궤도를 탄다."
(호세 오르테가 이 가세트, 《사랑에 관한 연구》[1] 중에서)

일반적으로 무언가를 욕망할 때, 우리는 그것이 '나'를
채워주기를 바란다. 어떤 가방이나 자동차, 아파트처럼 물
질적인 대상이든 사회적인 지위나 인기 같은 비물질적인
대상이든 상관없다. 어떤 것을 욕망한다는 건 그것이 내게
달라붙어 내게 속하고 나를 이루길 바란다는 뜻이다. 욕망
이란 대개 소유욕과 떼려야 뗄 수 없는 관계를 맺고 있다.
아름다운 나라로 떠나는 여행은 그 나라의 이미지를 소유
하는 것이고, 어느 지역을 여행했다는 경험 자체가 내 것
이길 바라는 일이다. 아무리 여행지의 아름다운 영상을 즐

겨 보더라도 그곳에 직접 도달해야만 온전히 그 경험이 '내
것'이 되고 비로소 욕망이 충족된다.

사랑 역시 때로는 다르지 않다. 우리는 아름답거나 멋
진 사람, 능력 있거나 근사한 사람, 성격 좋거나 생기발랄
한 어떤 사람을 사랑한다. 그리고 사랑할 때 그를 소유하고
싶은 마음을 느낀다. 그를 내 세계 안에 들이고, 집안에 들
이며, 생활 속에 들여서 나의 우주에 속한 소유물로 만들고
싶은 욕망을 느낀다. 그러나 사랑을 그러한 '소유의 욕망'만
으로는 완전히 설명할 수 없다. 가령 아이를 사랑하는 부모
는 아이에 대한 소유욕도 느끼겠지만 언젠가 아이를 품에
서 떠나보낼 마음을 항상 갖고 있을 수 있다. 소유할 수 없
음에도 언젠가 자신을 떠날 아이를 사랑하는 것이다. 소유
하고 싶어서가 아니라, 아이가 더 나은 삶을 살기를 바라며
사랑한다.

그처럼 오르테가는 사랑과 욕망의 '다른' 부분에 주목한
다. 사랑은 결코 욕망으로 완전히 환원될 수 없다. 사랑에
욕망이 일부 섞여 있다 하더라도, 그 욕망을 제외해 놓고
보면 욕망의 속성과 정반대인 측면이 드러난다. 욕망이 대
상을 내게로 끌어당겨 내 것으로 만들고자 하는 것이라면,
반대로 사랑은 나를 떠나 상대의 궤도에 들어가 그 세계에

속하고자 하는 일이다. 사랑이 특별한 이유는 거의 처음이자 유일하게 인생에서 '나', 오로지 나로 가득 찬 세계를 벗어나는 일이기 때문이다. 무언가를 진정으로 사랑한다는 것은 '나 중심주의'를 드디어 탈피한다는 걸 의미한다.

적어도 오르테가에 따르면, 무언가를 진실로 사랑할 때 우리는 그 주위를 빙빙 돌게 된다. 상대의 우주에 들어서서 그의 감정, 그의 취향, 그의 희망, 그의 꿈을 나도 그처럼 느껴본다. 내가 살던 세계를 벗어나 그가 사는 세계를 걸어 다닌다. 내가 살던 지역을 벗어나 그가 사는 지역을 돌아다니고, 그의 언어와 습관을 배우고, 그의 생각과 마음을 따르게 된다. 그렇게 우리는 기존의 자아를 벗어나고, 자아를 확장하고, 공고히 자리를 지키던 자아를 움직인다.

이는 오르테가가 보는 사랑의 '가장 순수한' 형태에 가깝다. 물론 우리가 한 사람과 맺는 관계가 오직 순수한 사랑으로 가득할 수는 없다. 그 안에 때로는 온갖 애증, 피해의식, 열등감, 성격적 다정함 등 다양한 감정과 욕구가 섞이기 마련이다. 그럼에도 사랑에는 그 모든 것과는 다른 어떤 순수한 특질이 있다. 바로 자기 자신을 넘어설 가능성이다.

자기를 넘어선다는 것은 사랑 자체에서 뿐만 아니라 '이해'에도 핵심을 이룬다. 우리는 우리와 다른 누군가를 이해하려면 나의 입장에서 그를 이해하는 것을 뛰어넘어, 그 사람의 입장이 되어야 한다. 나의 입장을 내려놓고 타자의 입장을 상상하고, 그 입장 속에 들어가는 것이 '이해'이다. 그렇게 보면 자기를 넘어선다는 점에서 사랑과 이해는 밀접하게 연결되어 있기도 하다. 달리 말해, 내가 아닌 다른 존재를 진정으로 이해하려면 그를 어느 정도 사랑해야 한다. 사랑이 두 사람만이 교류하는 배타적인 관계에 머무르지 않고 여러 사람에서 인류 전체로 확대될 수 있는 여지가 여기에 있다. 우리는 자기를 넘어서야만 타자를 진정으로 이해할 수 있고, 사랑할 수 있다. 사랑에는 자기를 포기할 용기, 자기를 넘어설 용기라는 태도가 필요하다.

무의미한 존재였던
그 사람이

"그토록 우리에게 큰 고통을 안겨주고
우리의 삶을 온통 뒤집어 놓은 그들이, 인생의 어느 지점에선
우리가 전혀 알지 못하는 무의미한 존재였다는 것은 상상도 할 수 없다."
(안드레 애치먼, 《알리바이》[12] 중에서)

사랑하게 된 사람이 눈앞에 있다. 그는 온통 내 삶을 뒤집어 놓았다. 그 때문에 기쁘고 행복한 만큼 그 때문에 괴롭고 슬프다. 그는 나를 안달나고 불안하게 하며 다른 사람에게는 느낄 수 없는 분노를 느끼게 한다. 나는 때때로 그에게 지나치게 의존하는데, 그에게 애정을 느끼는 만큼이나 그를 증오하기 때문이다. 증오 또한 상대를 필요로 한다는 점에서 '의존'의 양식이다. 그렇게 사랑하는 사람과 애증의 관계를 맺음으로써 내 삶은 달라졌다.

그렇게 격렬한 감정들을 느끼게 하는 사람이 한때는 나

에게 '아무것도 아니었다'는 사실은 기묘하다. 예를 들어 학교나 직장 등 한 공간에서 그 사람을 오랫동안 보아온 경우라면 더욱 그럴 법하다. 지난 몇 달간, 혹은 지난 몇 년간 나에게 완전히 '무의미'한 존재였던 그가 나와 '연인 관계'가 되었다는 이유만으로 완전히 다른 존재가 된 것이다. 이 간극을 어떻게 이해해야 할까?

보통 사랑이 운명의 상대를 만나는 일이라는 낭만적 이야기에 따르면, 상대를 만나는 첫 순간에 우리는 사랑임을 알아본다. 그러나 위 같은 경우는 상대가 옆에 있었어도 그와 사랑에 빠질 것이라는 사실을 전혀 알지 못했다고 볼 수 있다. 그렇다면 일단 사랑이 '운명적으로 상대를 만나는 일'이라는 견해는 기각된다. 그 다음 이런 견해를 떠올릴 수 있다. 사랑의 '관계'가 시작되면 비로소 그 관계 안에서 무언가 일어난다고 말이다.

어제까지 아무 관계도 아니었던 당신이 오늘부터 나와 연인 관계를 맺기 시작하면 우리 사이에는 무언가 일어난다. 일단 '연인이라면 해야 하는 것'의 목록이 각자의 가슴에 주어진다. 매일 연락하기, 사랑한다고 말하기, 데이트하기, 기념일 챙기기, 편지 쓰기 같은 것들이 연인 관계의 의무 목록으로 주어진다. 연인이 된 이상, 진짜 사랑하는지 아닌지는 차치하고, 그 의무를 수행해야 한다.

상대방에 대한 증오심이 불타오르는 순간도 가만히 들여다보면 사랑은 둘째치고, 그 의무가 이행되지 않았을 때가 많다. "왜 어제는 연락 한번 없었어?", "어떻게 생일을 잊을 수가 있어?", "나와 사귀면서 어떻게 다른 이성과 단둘이 술을 마실 수 있어?" 등 사실 이런 항의들은 계약상 의무 준수 불이행에 대한 추궁에 가깝다.

즉, 연인 관계로 진입하는 그 순간부터 그들은 서로에게 의무를 가진 존재가 된다. 다른 사람들은 내게 그런 의무가 없다. 오직 당신만이 그런 의무가 있을 뿐이다. 달리 말하면, 당신만이 내게 그만한 '의미'를 가진 존재가 된다. 그 이전에 당신은 아무래도 좋은 사람이었다. 그러나 이제는 내 삶에 또 다른 의미를 지닌 존재가 되었다.

사랑에서 감정이 중요하지 않다는 사람은 없다. 사랑 자체를 감정의 일종이라 보는 경우도 많다. 그러나 사랑은 결코 감정에서 시작하여 감정으로만 끝나는 무엇은 아니다. 오히려 사랑에는 관계의 형식, 의미의 부여, 관념적 의무로의 진입 같은 다소 딱딱해 보이는 것들이 깊이 관계된다. 그 다소 '딱딱한 것들'로 들어서는 순간이 사랑의 순간이기도 하다.

그렇기에 사랑을 대할 때는, 오로지 감정만 떠올리기보다 앞서 말한 '계약상 의무 준수'에 관해 생각해야 한다. 사랑의 핵심이 감정일지는 모르지만, 그 감정을 지탱하는 형식 또한 빼놓고 사랑을 설명하기는 어렵다. 우리는 어떤 형식에 진입함으로써 사랑하는 사람, 연인이 된다. 그래서 사랑 앞에서는 때론 의미와 형식, 그리고 의무를 떠올려야 한다. 우리는 그러한 '딱딱한 것들' 또한 사랑의 일부라는 걸 인정해야 한다. 때로는 사랑에 딱딱한 태도가 필요하다.

사랑,
세상의 모든 관계

사랑하는 사이는 항상 서로를 다정하게 배려하고 존중하며, 헌신적으로 서로를 위해야 할 것처럼 알려졌다. 그러나 실상은 꼭 그렇지 않다. 대다수의 사랑하는 사람들은 회사의 직장동료에게 하지 않을 무례를 서로에게 범하기도 한다. 아무 말도 하지 않고 삐지기도 하며, 눈치껏 내 상태를 알아주지 못하면 짜증을 낸다. 어리광 부리거나 칭얼대고, 깊이 의존하며 내 감정을 알아주길 바라기도 한다.

그런 과정은 일반적인 사회적 관계에서 볼 때는 대개 '무례'하다고 여겨진다. 물론, 어느 정도는 귀엽게 봐줄 수도 있겠지만 대부분은 '당신이 나한테 그래도 된다'고 생각하지 않는다. 반면 사랑하는 사람 사이에서는 때때로 그런 일들이 허용된다. 달리 말해, 사랑하는 사람 앞에서 우리는 간혹 유소년기의 아이가 된다. 마치 밥을 달라고 조르거나 내 마음을 알아달라며 떼를 쓰는 아이처럼 말이다.

이를 '퇴행'이라고 본다면, 사실상 사랑하는 사람이야말로 그런 퇴행이 허용되는 거의 유일한 상대방이기도 하다. 우리는 유아기 이후에 사랑을 통해 다시 부모와 꼭 같은 존재를 얻을 수 있다. 가끔은 사랑하는 사람이 그런 부모가 되길 바라고, 자기는 아이가 되고 싶어한다. 그냥 울적한 걸 스스로 해결하기보다는 상대가 달래 주길 바란다. 힘들다고, 보고 싶다고 울면 상대가 얼른 내게 달려와 주길 바란다. 그 모든 게 어린아이로 되돌아가는 일인 셈이다.

이렇게 사랑하는 사람 사이에서 일어나는 '퇴행' 현상은 완전히 막을 수도 없고 그렇다고 무한정 허용할 수도 없다. 그 누구도 기저귀 찬 어린 시절로 돌아가 버린 상대를 완벽하게 돌봐줄 수 없다. 반대로 어린 시절로 이따금 돌아가는 일을 항상 배격하며 타박한다면 사랑 자체가 지닌 여러 매력 중 하나가 사라지는 셈이 되기도 할 것이다. 우리는 모두 가끔 어린아이가 되고 싶다. 잠깐 내 모든 것을 내려놓고 안심한 채 상대방에게 기대고 싶다. 가끔은 아이처럼 펑펑 울고 싶다. 그것을 지키고 보호하며 받아들이는 일 또한 사랑의 몫이다.

그렇기에 사랑하는 사람은 시시때때로 달라질 수 있는 역할에 대해 언제나 열려 있어야 한다. 때론 내가 아이가 되지만, 때론 당신이 아이가 될 수도 있다. 우리는 모두 성숙한 어른으로서 서로를 동료처럼 여기는 삶의 동지이기도 하지만, 가끔은 서로의 엄마나 아빠가 되어줄 수도 있다. 그러한 역할의 역동성이 끝없이 존재하는 것이야말로 곧 사랑의 모습일 것이다. 또한 그러한 역동성을 나눌 수 있는 거의 유일무이한 존재가 사랑하는 사람이라는 점에서, 이 사랑이 얼마나 고유하고 가치있는지 확인할 수 있다.

우리는 사랑하는 사람과 하나의 관계를 맺는다. 그 관계는 모든 역할이 오간다는 점에서 세상의 모든 관계이기도 하다. 어찌 보면 두 사람의 관계는 작고 협소한 관계이지만, 그 깊이가 가장 광대한 관계이기도 하다. 사랑하는 사람은 자신뿐만 아니라 상대방 안에도 세상의 모든 사람이 들어 있다는 마음으로 서로를 대할 필요가 있다. 사랑 안에서 우리는 모든 사람이 되어 또 다른 모든 사람과 관계 맺는 셈이기 때문이다.

사랑의 운동성

"관계성을 만드는 것이란 바로 이렇게
앎과 깨달음을 끊임없이 불러일으키는 움직임(운동)이지 않을까요."
(미야노 마키코, 《우연의 질병, 필연의 죽음》[14] 중에서)

인생에는 고정된 관계들이 있다. 예를 들어 대학생과 교수의 관계는 대부분 고정된 관계이다. 대학생은 출석해 수업을 듣고 교수는 학생을 가르치고 학점을 준다. 직장 상사와 부하 직원의 관계도 그렇다. 직장 상사는 지시를 하고, 부하 직원은 지시에 따라 일을 한다. 그렇게 함께하는 동안에는 고정된 역할에서 서로 벗어나지 않는다.

그러나 같은 관계여도 그 관계에 '역동성'이나 '유동성'이 있을 수 있다. 학생이 교수를 찾아가서 의문에 관해 함께 질문하고, 토론하고, 그러다가 서로의 관계가 발전할 수도 있다. 어느덧 스승과 제자라는 고정된 관계가 허물어져 인생의 고락을 나누는 친구가 될 수 있다. 마찬가지로, 직장 상사나 부하 직원의 관계도 그렇게 친밀해지는 경우가 있다.

사랑의 관계도 이와 다르지 않다. 처음 두 사람이 만나 사랑할 때는 두 사람 사이에 역동성이 흘러 넘친다. 흔히 '밀당(밀고 당기기)'이라는 과정이 유연하게 펼쳐진다. 때론 내가 더 좋아하여 매달리는 것 같다가도, 때론 상대방이 더 나에게 의지한다. 때론 내가 너무 제멋대로인 것 같기도 하고, 때론 상대방이 마음대로 연애를 주도하는 듯 하다.

관계성은 관계가 오래 지속되다 보면 조금씩 고정된 관계가 되기 시작한다. 서로가 조금씩 예측 가능한 존재로 변모된다. 서로에게서 영향받아 변화하기보다는, 각자 좋아하는 것이나 원하는 생활 양식을 타협하면서 적당히 예상 가능한 범위 안에 존재한다. 대화를 나누더라도 할 말은 뻔해지기 시작하고, 모든 게 고정되기 시작한다.

그러나 미야노 마키코는 관계의 진정한 아름다움은 그런 항상성이 아니라 운동성에 있다고 말한다. 관계란 나와 당신이 각자 '점'으로 고정불변하며 존재하는 것이 아니라, 함께 '선'을 그려 나가는 것이다. 그는 그래서 이렇게 쓴다.

"미래를 바라보며 타인과 함께 무언가 생성해 내려는 운동을 그만두지 않으면, 인간이란 이렇게나 아름다운 선을 그려낼 수 있구나."

나와 당신이 함께 이제껏 해 보지 않은 음식을 요리하기로 한다. 그날 새로운 음식을 만든 그 경험은 나 혼자도, 당신 혼자도 아닌 두 사람이 같이 '창조'한 하루다. 이번 주말 당신과 나는 어디로 갈지 고민해 본다. 혼자라면 가지 않았을, 어느 한적한 바닷가로 떠난다. 그 또한 '창조'된 하루다. 당신과 내가 만나 이전에 없었던 하루를 만들어 간다.

또한 나와 당신은 서로의 마음을 들여다보며 대화를 한다. 이전에는 미처 생각지 못했던 것들이 대화 속에서 풍성하게 탄생한다. 당신의 어린 시절 이야기를 듣다 보니 내 어린 시절이 재탄생하듯 떠오른다. 그렇게 나와 당신이 대화하지 않았다면 탄생하지 않았을 어느 순간을 창조한다.

그렇게 나와 당신이 선으로 연결되며 인생을 그려 나간다. 사랑이란 그런 운동이다. 서로를 옆에 세워 두거나 저기 어디에 둔 '점'으로 남기는 것이 아니라, 계속해서 서로의 삶으로 끌어들여 영향을 주고 받는 '선을 만들어 가는 운동'이 사랑이다. 사랑은 두 사람이 함께 들어가는 고정된 세계가 아니라, 세계와 함께 역동하며 만들어 가는 우주다.

사랑에도
조율이 필요하다

"우리는 애착 대상과 조율 관계를 발전시키면서
마음의 거리를 없애는 법을 배운다."
(조나 레러,《사랑을 지키는 법》중에서)

'조율'은 부모와 아이 간 일종의 상호작용을 의미하는 개념이다. 매우 예민한 차원에서 거의 무의식적으로 이루어지는 자동 반사적인 작용에 가깝다. 사소한 스킨십, 표정 변화, 시선의 이동, 목소리의 톤, 서로의 냄새, 안아 주는 위치나 자세, 등을 토닥거리거나 머리를 쓰다듬어 주는 속도 같은 것들이 아주 예민한 악기를 다루듯이 서로 간에 조율되면서 애착 관계가 형성되는 층위에 대한 이야기다.

부모와 아이 사이에 일어나는 이 엄청나게 미시적이고 무한한 조율 과정은 아이에게 "사랑이란 실체를 볼 수 없는데도 당연히 존재하며 항상 거기 있다는 믿음"을 주기에 위대하다. 조율의 순간은 단순히 우는 아이를 달래고 안심시키는 수준이 아니라, 그보다 더 심오하고도 광대한 차원에서 일어나는 일이다. 우리는 애착 대상과 조율 관계를 발전시키면서 마음의 거리를 없애는 방법을 배운다. "공감이 최고조"에 달하면서 그 무수한 미세 감각들의 상호작용 안에서 실제로 사랑이 생겨 버린다. 아이는 부모를 통해 끊임없이 조율하며 무의식 속에서 사랑의 존재를 믿는다. 눈에 보이지도 않고 만질 수도 없지만 사랑이 있다는 믿음을 얻는다.

조율을 통해 얻는 사랑의 존재는 평생 아이를 지지해 주는 마음의 힘이 된다. 인간은 아무것도 의지할 게 없을 때, 독립적으로 삶을 모험하지 않는다. 오히려 누군가로부터 보호받은 채, 안전을 보장해 줄 무언가를 지니고 있거나 내면이 힘으로 가득 찼다고 믿을 때 모험을 한다. 새로운 것을 향해 삶을 집어던지고, 도전하며, 삶을 만들어 간다. 어릴 적 조율의 경험을 통해 알게 된 사랑의 존재는 우리 인생을 내내 따라다니면서 무언가를 해낼 수 있다는 자신감의 근원이 된다. 호기심, 창조력, 상상력, 모험심 등이 이 조율 경험에 바탕을 두고 있다. 감각이 마음으로, 경험이 믿음으로, 순간이 영원으로 바뀌는 시점은 우리에게 있다.

누군가와 깊은 사랑을 나눈다는 것, 혹은 부모가 된다는 것은 이런 조율 경험을 다시 소환하는 일이다. 현실의 온갖 잡다한 의무, 평가, 강박을 잊고 사랑의 감각에 깊이 몰두하는 건 그 자체로 인생 전체를 통틀어 이례적인 경험이다. 아이의 눈빛, 목소리, 몸짓, 숨소리, 눈동자의 그 무한한 감각들과 하나하나 연결되면서 부모는 '조율의 순간'에 참여한다. 남는 건 눈앞의 사랑하는 존재밖에 없다. 그런데 그 존재가 주는 경험이 바다와 같다. 그렇게 사랑하는 사람은 무한하게 쪼개지며 관계 맺는 조율의 순간에 참여하면서 치유받는다. 사랑이 존재한다는 걸 다시 알게 된다. 사랑을 믿게 된다. 삶이 사랑이라는 공기로 채워지는 것이다.

사랑이라는 건 같이 만들어 나가는 삶이다. 딱 잘라 말하긴 어렵지만, 서로 삶에서 절묘하게 어우러지며 이루는 리듬감의 상태 말이다. 이를테면, 함께하는 시간의 축적을 통해 나와 강아지의 삶은 서로 어우러져 있다. 내가 집에 돌아왔을 때 꼬리를 흔들며 나를 반기는 강아지를 한 번 쓰다듬고, 같이 잠시 쇼파에 앉았다가, 간식을 하나 건네고, 강아지는 안심한 듯 간식을 먹고 내 발을 핥고, 옷 갈아 입는 동안 한 번씩 날 쳐다보고, 같이 자고, 주말에 산책하고, 오후에 낮잠을 자고…. 그렇게 서로의 시선을 마주하며 교감하고, 함께 살아갈 때, 나와 강아지는 서로 사랑한다.

아이가 어린이집에 갔다 돌아오는 길에 약간 신나고 들떠 있는 기분을 함께 느끼고, 햇살 아래 편의점에서 같이 초콜릿 하나를 사 먹고, 눈빛만으로 놀이터에 가기로 소통하기도 한다. 같은 거리에서 같은 기분을 느끼고, 같이 행복과 신남을 느끼고, 집에 돌아와 잠시 각자 시간을 갖고, 밥 먹고, 같이 씻고, 같이 누울 때, 그렇게 삶이 어우러진다. 아이의 마음과 나의 마음이 묘하게 조각 맞추어져 일상을 보낼 때, 나는 아이와 사랑하는 중이다.

아내와 산책을 나서고, 좋아하는 음악을 같이 듣고, 동네 골목 여행과 새로 싹이 돋은 나무들을 관찰하며 자연스럽게 시간에 들어설 때, 심리학자의 말들에 따르면 우리는 조율 상태에 있다. 아마도 이것이 사랑일 것이다. 어머니가 불러 주는 노래를 들으며 잠들고, 조수석에 타서 밖을 구경하며 자연스레 함께 어울리고 있을 때, 나의 세계에 당신의 세계가 편안하게 어우러져 있을 때, 나는 평생 잊을 수 없는 사랑의 시간을 살았을 것이다.

우리는 홀로 태어나서 홀로 죽는다고 한다. 그래도 홀로 태어나 홀로 죽는 이 인생에서 나의 삶이 타인의 삶과 절묘하게 어우러지는 어떤 시간에 대해 설명할 수 있다면, 그

건 아마 사랑일 것이다. 단지 함께 존재하며 살아가는 삶 자체로 무언가 증명되는 세계가 있다면, 그것이 사랑의 세계일 것이다. 끊임없이 말하고 증명해야 하는 세계가 아니라 함께 살아감 그 자체로 증명되는 세계 말이다.

그 세계란 온전한 노력과 반복, 지속으로만 도달 가능한 세계이기도 하다. 매번 어린이집을 마치면 아이와 가던 편의점이나 공원, 그 수백 번의 반복. 매번 집에 돌아오면 꼬리 흔들던 강아지와 교환했던 수천 번의 눈빛. 아내와 서로의 기분과 마음을 눈치채고 맞추기를 끝도 없이 나누었던 시간. 매일 축적되었던 날들, 만나고 또 만나며 이야기했던 시간들, 노래를 불러 주고 들었던 순간들, 그런 것들이 쌓이고 축적되면서 '조율'이 일어난다. 사랑하며 살아간다는 것은, 그런 조율하는 삶을 좋아하는 일이다.

이처럼 삶이 한순간 치유되며 충족되는 조율의 경험은 작은 것에서부터 시작된다는 점이 흥미롭다. 아이의 숨소리에 귀 기울이며 아이가 잠드는 걸 조용히 알아차리고, 아이의 등을 토닥이면서 아이의 작은 트림 소리를 기다리고, 아이의 울음소리가 가지고 있는 저마다의 차이를 분별하고, 아이의 찡그린 인상을 통해 아이의 욕구를 알아내면서, 우리는 조율에 참여한다. 그러면서 온갖 복잡다단한 현실을 뒤로한 채 애착의 굴레 속으로 들어간다.

마치 누군가를 사랑할 때, 그 사랑이 작은 것에 시작되어 사랑이라는 전체에 이르듯, 조율의 경험 또한 그와 같다. 작은 공감, 미세한 일치, 예민한 접촉에서부터 충족은 피어오른다. 오랫동안 낭만주의 시인들은 사랑의 거창함과 하늘 높은 이상에 대해 이야기했다. 그러나 세상 모든 귀중한 것들이 그러하듯, 사랑 또한 작은 것에서부터 시작된다.

〈내 사랑〉
사랑할 조건, 행복할 자격

사랑이 메마른 두 사람의 삶

그녀에게는 많은 게 필요하지 않다. 그저 붓 한 자루만 있으면 된다. 그에게도 많은 게 필요하지 않다. 그저 그녀와 함께하는 삶, 그리고 그 삶을 일굴 집 한 채만 있으면 된다. 샐리 호킨스와 에단 호크가 주연한 영화 〈내 사랑〉은 캐나다의 나이브 화가 '모드'와 생선 장수 '애버렛'의 사랑을 다룬 전기 영화다. 영화는 시골에서 살아가는 두 남녀의 이야기를 고요한 음악처럼 담담하게 담아낸다. 잔잔한 그들의 삶처럼, 영화 역시 스펙터클한 전개를 애써 고집하지

않는다. 그럼에도 은근하게 변하는 그들의 감정선과 삶의
모습이 그 자체로 고도의 역동성을 만들어 낸다.

선천적 관절염을 앓는 모드와 고아원에서 자란 남자 애
버렛은 모두 '평균'에 미달되는 인물들이다. 절뚝거리며 걷
는 모드에게 동네 아이들은 돌을 던진다. 모드의 법적인 보
호자인 숙모 역시 그녀를 짐으로만 생각한다. 부모 없이 자
란 애버렛은 글자조차 모르는 무식한 생선 장수다. 전단지
나 가정부, 청소 도구 같은 단어도 곧바로 생각나지 않을 만
큼 공부는 고사하고 종일 육체노동에 몰두해 산다. 일반적
인 삶의 기준에 미달하는 그들이 과연 제대로 된 삶을 살아
나갈 수 있을지, 왜곡 없이 소통하며 사랑할 수 있을지 의심
스럽다. 보통 사람의 기준에서 그들은 '잘 살' 수 없는 존재
들이다.

실제로 그들의 처음은 위태롭기만 하다. 모드는 가정부
를 구하는 애버렛의 집을 찾아가지만, 무슨 일을 해야 할지
전혀 모른다. 애버렛 역시 평생 일에서 시작하여 일로 끝내
는 인생만 살아왔을 뿐, 삶의 다른 영역에서 소통하는 방
법 자체를 모른다. 그저 모드에게 '알아서 하라'고 할 뿐이

고, 제대로 이야기 나누지도, 쳐다보지도 않는다. 더군다나 가부장적이고 폭력적인 습관에 길들여져 있어 모드의 뺨을 때리기도 한다.

그들은 아마 평생 그런 식으로 살았을 수 있었다. 시골의 어느 오래된 가정에서처럼 무식한 남편은 늘 폭력을 휘두르고, 아내는 그에 굴종하며 아이나 키우는 식모 노릇을 하면서 말이다. 아니면 애초에 결혼할 생각이 없었던 애버렛의 뜻대로, 모드는 가정부 노릇을 하면서 성적으로 이용당했을지도 모른다. 하지만 그들의 삶은 모드가 둘 사이의 관계를 주도하기 시작하자 상황은 예상치 못한 방향으로 흐른다. 모드는 자신과 성관계를 하려면 결혼해야 한다고 전제한다. 그러면서 과거 태어난 아기를 집안 식구들이 파묻었던 이야기를 한다. 애버렛은 그 이야기를 듣고 그녀를 범하려는 일을 관둔다.

모드의 관계 주도는 계속 이어진다. 애버렛에게 뺨을 맞은 날, 그녀는 벽에 그림을 그리기 시작한다. 또한 자신이 '머물지, 떠날지' 애버렛에게 결정하라고 이야기한다. 애버렛은 차마 그녀에게 떠나라고 말하지 못하고, 밀렸던 임금을 지불한다. 애버렛은 그녀가 필요했다. 사실 그녀를 싫어할 이유가 없었다. 그저 그녀와 관계 맺는 법을 몰랐을 뿐이다. 모드는 순종하기를 조금씩 거부하면서, 자신의 주체적인 영역을 만들어 간다. 이는 그가 그녀와 평등한 관계를 맺을 수 있게끔 한다. 부모와 소통한 적도 없고, 고아원 내의 질서에 순응하며, 명령을 받아 일하는 '일방성'에만 익숙했을 육체노동자에게 '상호성'의 관계는 낯설기만 하다. 그가 상호성을 받아들일 수 있게 되는 것은 모드에게 '의존'하면서다.

고요하고, 둘만 존재하는 행복

의존성은 관계의 근본을 이룬다. 연애 코치나 강사 중에서는 때로 연애나 결혼에서 "상대방에게 의존하지 말고, 그에게서 독립하라!" 같은 말을 설파하는 이들이 있다. 그러나 관계에서 중요한 점은 의존과 독립이 조화를 이루는 것이지, 어느 한쪽을 박멸하는 게 아니다. 모드가 애버렛에게 숙식을 제공받고, 애버렛이 모드에게 집안일을 맡기는 것은 '외적인' 의존 관계다. 한편, 두 사람이 함께하며, 애버렛이 처음으로 관계다운 관계를 맺어 나가고, 모드가 집안에 자유롭게 그림을 그리며 자신의 시공간을 확보하는 일은 점점 '내적인' 의존 관계를 이룬다. 애버렛은 자기 삶에 처음으로 들어온 상대에게 의존하며, 모드는 자기에게 처음으로 그림 그릴 자유를 허락하는 상대에게 의존한다. 애버렛의 집은 모드가 그린 그림들로 꾸며진다. 그렇게 그곳은 더 이상 '그'의 공간이 아닌 '그들'의 공간이 되어 간다.

둘은 결혼한다. 그들에게는 특별히 주변 세계라고 할 만한 것이 없다. 장애 때문에 거의 집에서만 자란 모드에게도, 늘 고된 노동만 하며 살아왔던 애버렛에게도 이렇다 할 지인들이 없다. 그래서 결혼식은 거의 하객 없이 이루어진다. 그들에게는 서로가 세계의 전부나 마찬가지다. 에버렛은 모드를 수레에 싣고 뒤에서 밀며 달린다. 그날 밤, 그들은 처음으로 함께 춤을 춘다. 서로에게 '양말 한 켤레' 같은 커플이라 속삭이며, 고요히 둘이서만 늙어갈 것을 약속한다. 그 순간 마을 사람들이 그들에 대해 무어라 수군거리고 있든 무슨 상관이겠는가? 마을 사람들이 그들을 가십거리로 여길지라도, 그들에게는 서로 외에 누구도 중요하지 않고, 관심도 없다.

모드와 애버렛은 아이 없이 그렇게 평생을 살아간다. 처음 살았던 그 집에서, 이사 왔던 그대로 말이다. 다른 사람들이었다면 더 큰 집으로 이사할 욕심을 내고, 삶을 변주하고 확장하고자 안달났을지도 모른다. 그러나 그들은 모드가 꽤나 유명해져서, 부통령까지 그녀의 그림을 구입하고 텔레비전에 나올 정도가 되어도 원래의 삶을 유지한다. 그들은 그 상태로 충만해서 굳이 삶을 바꿀 이유가 없었다. 그저 집안을 아름다운 그림들로 꾸미고 주변의 자연을 걸으며 저녁을 함께하는 삶으로 충분했다.

그들의 삶을 보고 나서 '우리의 삶은 그에 비해 얼마나 쓸데없을 정도로 복잡한가'라는 생각이 들었다. 왜 그들처럼 삶의 '핵심'만을 살아낼 수는 없는 걸까? 왜 그저 사랑하는 채로 머무르고 그에 전적으로 만족하며, 그렇게 평생 동반자의 곁을 지켜주다 생을 마감할 수는 없는 걸까. 영화의 후반부에서 모드의 숙모는 모드에게 "우리 집안에서 결국 행복하게 살아낸 건 너밖에 없구나."라고 말한다. 다른 사람들이 무엇인지 모를 욕망을, 타인의 기준을, 우월하거나 평균적이라고 믿어지는 어떤 삶을 좇을 동안 모드는 그저 '삶의 핵심'으로 곧장 들어갔다. 좋아하는 그림을 원 없이 그리고 자신이 선택한 사람과 원 없이 사랑했다. 어쩌면 가장 단순한 것이 가장 어려울지도 모른다. 우리는 온갖 쓸데없는 생각들 때문에 평생 삶의 핵심 가치를 회피하고 있을지도 모른다.

3장

사랑에
실패하더라도,
이별

결혼이 사랑의
위기가 되는 일에 관하여

　결혼의 가장 큰 특징이라고 한다면, 이전의 어떤 연애보다 타인과 더 깊이 사생활을 모두 공유한다는 점일 것이다. 사회마다 결혼의 의미가 다르긴 하지만 특히, 우리나라에서는 양가 부모님 등 가족들의 사정까지 서로 깊이 알고 생활의 일부가 되어 간다는 걸 의미한다. 연애 때와는 다른 밀착감이 생기고, 서로가 서로의 삶의 일부가 되어 간다.

　그러나 결혼이나 연애나 그 핵심은 다르지 않다. 핵심은 결국 두 사람이 사랑의 관계를 이룬다는 점이다. 그런데 흔히 우리는 연애하는 사람들보다 결혼한 사람들의 사랑을 의심하곤 한다. 그들은 과연 서로 사랑하는 걸까? 어쩔 수 없이 같이 사는 건 아닐까? 흔히 말하듯 사랑이 아닌 정으로 사는 게 부부 아닐까? 그렇게 보면 결혼이라는 문제 안에 들어 있는 사랑의 문제야말로 어쩌면 가장 깊이 고민해야 하는 문제일 수도 있다.

결혼에 위기가 찾아 온다면, 아무래도 가장 큰 이유는 너무 오랜 시간동안 함께 지내면서 하나가 되어 버렸기 때문이다. 사랑하는 사람은 그 누구보다 서로 결합하기를 원한다. 하지만 막상 그렇게 되고 나면 사랑의 위기가 시작된다. 너무 오래 지내면서 모든 걸 다 알게 되어 서로에 대한 환상과 호기심이 사라지고, 더는 새롭게 할 이야기나 재미가 없어 질리는 것이 사랑과 결혼의 역설일지도 모른다. 그런 결혼에 대해 칼릴 지브란은 말한다. "그대들 각자는 고독"하라고 말이다.

상대가 너무 가까이에서 살아가다 보면 때론 그가 나와 완전하게 독립된, 그만의 내면 세계를 가진 주체고 내가 결코 알 수 없는 고독의 영역이 있다는 걸 잊어버리곤 한다. 상대에 대해 모든 걸 아는 것만 같지만, 사실 이 순간 상대가 무슨 생각을 하고 있는지 완전히 알 수 없다. 함께 놀러 간 한강공원에서 예전 연인을 생각하고 있을 수도 있고, 내가 시큰둥할 때에 상대는 무척 큰 기쁨을 느끼고 있을 수도 있고, 내 걱정과는 전혀 다른 걱정에 몰두하고 있을 수도 있다. 그렇게 상대가 자기만의 고독과 내면을 가진 존재라는 진실을 기억해야만 한다.

상대가 자기만의 내면을 가진 고유한 존재라는 사실을 유념하면 지루했던 일상도 조금은 달라진다. 나는 자기만의 감각과 마음으로 세상을 받아들이는 한 존재와 함께 걷고 있다. 그러면 그의 기분이나 마음이 궁금해진다. 그에게 지금 이 산책의 기분은 어떠하냐고, 오늘은 어떤 마음이냐고 묻게 된다. 그 대답에서 상대의 마음을 알게 되고, 또 그와 비슷하거나 다른 나의 마음에 대해 이야기한다. 그것만으로도 '당연한' 존재가 될 뻔했던 내 곁의 사람은 한 명의 고유한 존재로 서게 된다. 나와 당신은 함께 있지만 동시에 거리를 가진, 고유한 존재로서 실재한다.

그렇게 두 사람이 고유한 존재로 다시 자리 잡게 되면 우리가 함께 있는 이 순간조차 하나의 결단이 된다. 당신은 당연히 나와 같이 있는 사람이 아니라 이 순간을 나와 함께 있기로 결단한 사람이다. 마찬가지로 당신은 그저 당연히 내 곁에 존재하는 존재가 아니라 내가 함께 있고자 결단한 사람이다. 그렇게 사랑은 매일 확인된다. 당연한 말이겠지만 매일 확인되는 사랑은 그만큼 도망갈 여지가 줄어든다. 함께 있음이 사랑의 위기였다면, 함께 있음을 확인하는 일은 사랑의 기회가 된다. 그렇게 함께 있되 고독한 일은 당신과 나를 끊임없이 '사랑하는 관계'로서 이 자리에 다시 놓아둔다.

고통을
직면하는 순간

"우리는 햄릿의 우연한 깨달음을 반복해야 한다."
(앵거스 플레처, 《우리는 지금 문학이 필요하다》[15] 중에서)

누구에게나 이별은 찾아온다. 사랑하는 연인과 이별하는 경우도 흔하지만 그보다 더 필연적인 건 죽음이다. 우리는 모두 사랑하는 사람과 언젠가는 반드시 헤어질 운명이다. 일반적으로는 부모와의 이별부터 차근차근 다가온다. 그러므로 인생에서 반드시 받아들여야만 하는 것이 하나 있다면, 이별이다.

사람에 따라 인생에서 큰 실패를 겪지 않거나 큰 고생을 해 보지 않았을 수 있다. 그러나 이별을 겪지 않는 사람은 아무도 없다. 그렇기에 언제나 우리는 이별에 대처하는 자세에 관해 알고 있어야 한다. 이별은 이례적이고 유별난 일이 아니라 필연적이고 자연스러운 일이기 때문이다. 그럼에도 사람은 이별을 청천벽력처럼 받아들인다.

대중가요의 절반 이상은 이별 노래라고 해도 과언이 아니다. 매 시대, 매년 끊임없이 새로운 이별 노래가 나타난다. 사랑하는 사람과 헤어지고, 또는 짝사랑에 실패한 어느 날 가게에서 흘러나온 이별 노래에 울컥하는 경험을 한다. 세상 모든 이별 노래가 내 이야기인 것만 같다. 평소에는 뻔하다고 생각하면서도 막상 이별의 후유증에 시달릴 때 이별 노래를 들으면 가수가 내 고통을 같이 겪고 공감한다는 생각에 위로가 된다.

햄릿은 극 중에서 아버지의 죽음에 괴로워하며 방황하다가 극적으로 '치유'되는 순간을 경험한다. 그 치유의 순간은 바로 자신과 똑같이 상실의 아픔을 겪는 레어티스를 만난 순간이다. 우리는 나의 아픔이 나만의 것이 아니라는 것을 확인하는 순간, 즉 나 혼자 이 깊은 슬픔의 바다에 빠진 게 아니라 세상의 다른 그 누군가도 그렇다는 걸 이해하는 바로 그 순간, 이 아픔과 슬픔을 받아들일 수 있게 된다.

묘하게도 인간은 계속하여 자기 혼자 이런 아픔과 슬픔을 겪는다고 믿는다. 인간은 타인과의 '분리'에 취약하기에 그 순간 지독한 외로움을 경험하며, 이 세상에서 자신만 그러한 고행을 선고받았다고 느낀다. 어쩌면 그런 외로움은 우리에게 타인이 필요하다는 신호일지도 모른다. 마음의 메커니즘이 우리에게 외로움을 느끼게 만들어 타인을 찾게 만드는 것이다.

그리고 비로소 이 아픔이 내게만 주어진 시련이 아니라는 걸 타인으로부터 확인받을 때, 우리는 깊은 위로를 받고 고통의 시간을 견뎌낼 수 있게 된다. 그러니 이별을 하면 혼자 있지 말자. 나의 고통이 나만의 것이 아니라는 걸 확인하기 위해 밖으로 나서자. 그리고 세상의 모든 사람이 이별의 고통을 겪었다는 걸 배우자. 그렇게 우리는 이 삶을 지킬 수 있다.

서로를 끌어안으려는
의지의 차이

"네 엄마가 나를 사랑했다지만 그건 내가 아니야.
본인이 원하는 대로 만들어낸 에드워드지.
내가 그 사람이 아니란 걸 받아들이지 않았어."
(영화 〈우리가 사랑이라고 믿는 것〉[16] 중에서)

영화 〈우리가 사랑이라고 믿는 것〉은 황혼 이혼에 대해
다룬 이야기다. 수많은 이혼이나 불륜 작품이 저마다 사정
을 이야기하는데, 이 이야기에서도 그 나름의 사정이랄 것
들이 꽤나 절절하게 드러났다. 이혼을 결심한 건 남편이었
다. 그는 조용하고 차분한 편의 성격이었다. 반면 아내는
적극적이고, 활발하고, 고집 강하고, 거친 성격의 소유자였
다. 그는 인생의 황혼에 이르러, 그녀와의 삶을 더는 견딜
수 없다고 느낀다.

그들에게도 행복한 시절은 있었다. 특히 아이가 어릴 때

는 서로 다른 성격 차이에도 서로에게 매력을 느끼며 아이와 함께 행복한 시절을 보낸다. 그러나 그런 시절은 끝이 났고, 아들도 성인이 되어 집을 떠났다. 그러고 나서 그들에게 남은 건 차이뿐이었다. 그럼에도 그녀는 그와 사는 것을 싫어하진 않았다. 그러나 그는 그녀와 사는 게 싫었다. 늘 자신을 몰아세우고, 자기 자신을 미워하게 만들어 죄인처럼 여기게 하는 그 상황이 참을 수 없었다.

사실 그녀도 그가 답답했고 성격 차이를 느꼈지만 가정을 지키고 싶었다. 굳이 다른 삶을 상상할 이유가 없었다. 반면 그는 도망치고 싶었다. 더군다나 그는 그녀가 아닌 다른 사람과 새 인생을 꾸리는 것이 가능하다는 걸 알게 되었다. 자기가 하는 일들, 가령 위키피디아를 업데이트하면서 느끼는 재미, 실용성이라고는 전혀 없는 역사 공부…. 돈 안 되는 취미생활들을 모욕하지 않고 이해하며 내버려 두는 사람이 있다는 걸 알았다. 매번 하고 싶지 않은 이야기들을 쥐어짜지 않고 그저 본래의 내 상태 그대로, 자연스럽게 존재해도 괜찮다는 사람이 있다는 걸 알게 되었다. 그래서 그는 그 삶을 유지하지 않기로 결정한다.

통상적으로 결혼이나 이혼에 대해 다룬 작품들을 보면, 여자는 대화나 교감 부족을 호소한다. 남자는 자기의 일이나 취미, 삶을 이해하지 못하고 존중하지 못하는 점에서 분노를 느낀다. 이 영화는 구도가 반대로 되어 있긴 하지만 핵심은 다르지 않다. 대개 이와 같은 작품에서 인물들은 서로에 대한 불만 속에서도 한쪽은 당연히 관계의 영속성을 계속 믿는 반면, 다른 한쪽은 관계에서 벗어날 다른 가능성을 꿈꾼다. 한쪽은 이 삶 바깥을 생각하지 않지만 다른 한쪽은 이 삶 바깥을 상상하고 꿈꾼다. 사실 핵심은 누가 더 '견딜 수 없는가'가 아니라, 누가 '바깥을 상상하느냐'에 가깝다. 견딜 수 없어도 바깥을 상상하지 못하는 경우도 부지기수니까 말이다. 바깥을 상상하고 경험하기 시작하면 더는 이곳에 머무를 수 없다.

영화를 끝까지 보고 나면 그 누구도 비난하고 싶은 마음이 들지 않는다. 차이는 차이일 뿐이다. 누군가는 그 차이를 끌어안고 싶어 할 뿐이고, 누군가는 그 차이에서 벗어나고 싶을 뿐이다. 그 의지의 유무를 근거로 유죄나 무죄를 따질 수는 없다. 그건 모든 관계에서도 마찬가지일 것이다. 모두에게는 저마다 원하는 방식의 차이나 거리가 있기 마련이다. 한쪽이 아무리 원한다 한들, 다른 한쪽이 원치 않는다면, 그 관계가 유지되지 못하더라도 누구의 잘못이라고 말할 수 없다.

누구든 마찬가지다. 나 또한 누군가와의 차이는 견딜 의지가 있고, 누군가와의 차이는 견딜 의지가 없다. 어찌 보면 그뿐이다. 그러니까, 함께 하는 삶이라는 건 차이를 끌어안을 의지가 있는 동안에만 이어진다. 그런 의지가 없어지는 이유에는 몇 가지가 있을 것이다. 다른 삶에 대한 상상이나 경험처럼 말이다. 이유야 어떻든 결국 차이를 끌어안는 의지, 그것이 관계를 지탱한다.

사랑은 상대에게 마음에 들지 않는 부분이 있거나 나와 맞지 않는 부분이 있는 것, 즉 나와 차이가 있는 것과 대비되는 개념이 아니다. 오히려 모든 사랑에는 반드시 그런 차이가 있기 마련이다. 사랑은 그 차이를 넘어선, 보다 큰 무엇이다. 사랑 안에는 동일성과 차이가 같이 끌어안긴 채 숨 쉬고 있다.

나는 그 사람이
아프다

> "사랑의 대상이 사랑의 관계와는 무관한 이런저런 이유 때문에
> 불행하거나 위험에 처해 있다고 느끼거나 보거나 알 때,
> 사랑하는 사람은 그에 대해 격렬한 연민의 감정을 느낀다."
>
> (롤랑 바르트, 《사랑의 단상》 중에서)

　누군가를 절실히 사랑하는 시절, 우리는 때로 묘한 감정을 느끼곤 한다. 나와 무관한 일로 상대방이 아픔을 느낄 때 이상한 소외감을 느끼는 것이다. 가령 상대방이 취업에 실패하거나, 가족이 아프거나, 반려동물이 세상을 떠났을 때, 그는 '나와 무관하게' 자신의 아픔과 고통에 빠져든다. 그럴 때 우리는 상대방을 깊이 연민하면서도 동시에 그 사람이 나와 무관한 아픔에 빠져든 그 사실이 아프다.

　프랑스 기호학자 롤랑 바르트는 누구나 겪을 법한 그런 사랑의 순간, 우리는 상대와의 거리를 알아야 한다고 이야

기한다. "나는 곧 너이고, 너는 곧 나다. 나의 아픔은 너의 아픔이고, 너의 고통은 나의 고통이다. 나의 꿈은 너의 꿈이고, 너의 희망은 나의 희망이다." 이처럼 사랑하는 사람은 상대방과 강렬하게 동일시되려는 욕망을 느끼지만, 상대의 감정에 온전히 동화되지 못하고 소외감을 느낀 순간 '완전한 동일시'가 불가능하다는 걸 알게 된다. 사랑하는 사람은 완전히 같아지길 바라지만 그건 불가능하다. 특히 상대가 자기만의 이유로 고통스러워할 때 나는 상대는 개별적인 존재라는 걸 깨닫는다.

많은 사랑이 그런 거리감에서 어색함을 느끼다가 무너지기도 한다. 한 명이 자기만의 고통에 고도로 몰입할 때, 상대방은 그에 대해 도움을 주고 싶지만 자기 자신이 무력하다고 느낀다. 특히 그 고통이 깊어질수록 상대와의 거리감을 느낄 수밖에 없다. 그가 자신의 고통에 깊이 빠져들 때 사랑, 우리의 관계 자체는 그에게서 밀려나 후순위가 된다. 그러나 인생에 저마다의 고통, 어려움, 힘겨움이 없을 수는 없다. 아무리 상대를 사랑하더라도 자기 인생에 일어난 고통에 몰두할 수밖에 없을 때도 있다.

그렇기에 우리는 사랑에 최선을 다하되 사랑이 삶의 일부라는 사실을 깨달아야 한다. 아무리 서로 사랑하는 사람이어도 계속 그 사랑만을 바라보며 그 속에만 있을 수는 없다. 우리는 사랑하는 둘인 동시에 각자의 삶을 살아가야 하는 '한 사람'이기도 하다. 그 각자의 삶에는 스스로도 어찌할 수 없는 일들이 일어나기 마련이다. 그럴 때 사랑하는 사람이 자기를 봐주지 않음에 아쉬울 수는 있지만 그럴수록 곁에서 가만히 거리를 두고 단지 위로가 필요할 때 매만져줄 필요가 있다.

롤랑 바르트는 바로 그런 차원에서 말한다. "나는 그 사람이 아프다."고. 그것은 그 사람을 사랑한다는 증거이기도 하다. 동시에 나와 그가 개별의 사람이고, 완전히 동일시될 수는 없는 존재라는 걸 인정하는 말이기도 하다. 그렇게 우리는 '거리감을 쌓는 훈련'을 해야 한다. 그를 통해 우리는 아주 다정하면서도 통제된, 애정이 넘쳐흐르면서도 예의 바른 사랑을 할 수 있다. 그런 '부드러운' 사랑을 할 수 있다.

때로는 부모의 자식에 대한 사랑도 다르지 않을 것이다. 자식을 너무 사랑한 나머지, 깊이 동일시되어 자식과의 분리에 어려움을 겪는 부모 이야기도 적지 않다. 자식도 성장하며 자기만의 사랑, 꿈, 고통을 알고, 부모가 모르는 비밀과 독립된 삶을 지니게 될 것이다. 그럴 때 역시 우리는 사랑에서 필요한 거리감을 쌓는 훈련을 해야 할 것이다. 당신을 사랑하되 압박하지 않고, 당신만의 고통과 삶을 허락하면서 우리는 단단한 거리감 속에서 당신을 사랑하는 법을 익혀나가야 한다.

이별에
대처하는 자세

> "어느 때는 그녀가 내게서 모든 것을 원한다.
> 완전한 슬픔을, 슬픔의 절대치를(…). 그런데 다른 한편 그녀는 내게 모든
> 일들을 가볍게 받아들이라고, 그렇게 살라고 충고한다."
>
> (롤랑 바르트, 《애도일기》[17] 중에서)

롤랑 바르트는 어머니가 세상을 떠난 후 몇 달간 슬픔에 빠져 일기를 쓴다. 그렇게 출간된 작품이 《애도일기》다. 위의 구절은 홀로 남겨진 바르트가 상상 속의 어머니를 만나면서 경험한 이야기를 끄적인 메모다.

어느 날 그의 상상 속 어머니는 그가 완전히 슬픔에 빠져 있기를 원한다. 네가 나를 사랑한다면 다시 행복해서는 안 된다. 계속 우울감에 빠져 있어야 한다. 어머니를 잊고 새로운 기쁨에 빠져서는 안 된다고 요구한다. 그러나 그것은 자신이 상상하는 어머니일 뿐이라는 걸, 그는 알고 있다.

만약 진짜 어머니라면 그에게 슬픔에 빠져 있기보다는 새로운 행복을 찾아 여전히 남은 생을 기쁘게 누리라고 말할 것이라는 사실을 말이다. 어머니는 결코 그가 우울함에 빠져 있기를 바라지 않을 것이다.

어쩌면 이것은 아들과 어머니의 이별뿐만 아니라 세상 모든 이별에 관한 이야기일 지도 모른다. 누구나 사랑하는 이와 이별을 한다. 가족이든, 연인이든, 친구든, 반려견이든 진심으로 사랑했던 누군가와 헤어지는 건 필연적이다. 인생에 하나의 진실이 있다면 그 누구도 이별을 겪지 않은 사람이 없다는 것이다.

많은 사람이 이별은 삶에서 상처라고 생각한다. 버림받거나 실패한 기억이며 상실의 아픔이라 믿기도 한다. 그러나 우리가 이별을 온전히 대한다면 이별 속에서 진짜 삶의 힘이라는 걸 얻을 수 있을지도 모른다. 바르트가 '진짜 어머니'의 말을 상상하는 그 순간처럼 우리도 진짜 이별이 건네는 말을 상상할 수 있다.

비록 안 좋게 헤어진 연인일지라도 사랑했던 순간만큼은 진실했을 것이다. 그 시절 우리에게 깃들어 있었던 다정함, 서로에 대한 응원, 상처를 함께 나누며 치유했던 기억은 둘도 없는 삶의 보물이다. 그리고 이별 이후에는 우리

'머릿속' 또는 '상상·속'의 그 사람이 남을 뿐이다. 그렇다면 우리는 그 사람을 우리에게 이로운 방식으로 상상할 수도 있다. 그가 내게 주었던 진심과 사랑 위주로 말이다.

모든 이별은 어렵다. 이별은 우리가 쌓았던 시간과 작별하는 일이기 때문이다. 이별 이후의 시간이 막막하거나 두렵기 때문이기도 하다. 바르트 또한 오랫동안 어머니의 기억에서 벗어나지 못한 채 새로운 삶으로 가길 두려워했다. 새로운 삶을 기쁘게 누리는게 어머니에 대한 배신인 것만 같았다. 그러나 한발 물러나 생각해 보면 그 모든 건 우리 마음속의 일일 뿐이다. 현실은 우리 앞에 눈부시게 펼쳐진 삶, 똑같이 도래하는 오늘의 연속이다.

그래서 이별에 대처하는 자세가 있다면 결국 두 가지로 수렴한다. 하나는 이별 속 남겨진 그 사람이 내게 주었던 가치 위주로 상상하기. 무언가 잃었다기보다는 추억이 라는 이름의 선물을 받았다는 마음을 간직한다. 우리는 그런 상상에서 또 앞으로 살아갈 힘을, 새로운 누군가를 다시 만날 마음을 얻는다. 두 번째는 이별 이후의 삶을 받아들일 것. 매일이 새롭게 놓여 있다는 사실을 믿을 것. 오늘 이 삶과 세계에 최선을 다하고 사랑하는 게 내게 주어진 의무임을 믿는 것이다. 누군가가 우리를 가장 사랑했던 순간, 그가 바랐던 것도 다르지 않다. 그는 우리가 행복하기를, 삶을 사랑하기를 원했을 것이다. 우리도 그것을 간절히 바라던 적이 있던 것처럼 말이다.

이별 앞에서 느끼는
죄책감

"사랑하는 사람이 세상을 떠나면 당연히 슬픔에 빠지고 분노한다. 그런데
이때 사람들이 예상하지 못하는, 아니 적어도 내가 예상하지 못했던 것은
정신적 외상이 삶의 모든 측면에 자기 의심을 퍼뜨린다는 사실이었다."
(셰릴 샌드버그, 애덤 그랜트, 《옵션 B》[16] 중에서)

사랑하는 사람과 이별하게 되면 우리는 죄책감을 느낀
다. 내가 무언가 잘못해서 그가 떠났다는 생각을 지울 수
없다. 나의 행동과 말을 일일이 떠올려 보면서 '내가 그때
그 말을 하지 않았더라면', '그때 그런 행동을 하지 않았더
라면 그가 떠나지 않았을 텐데'라는 생각을 곱씹는다. 상대
를 찾아가서 나의 잘못을 하나하나 읊으면서 다시 돌아와
달라고 애원하기도 한다.

사랑하는 사람이 세상을 떠났을 때도 사정은 다르지 않
다. 셰릴 샌드버그는 남편이 세상을 떠난 뒤, 자책감을 떨

처내지 못했다고 말한다. '남편과 함께 건강검진을 한 번만 더 받았더라면', '식습관을 진작 고쳤더라면' 같은 식으로 계속하여 자기가 '할 수 있었던 일'에 대해 생각하는 것이다. 설령 진짜 자기 잘못이 아니더라도, 우리는 사랑하는 이와 멀어지거나 이별하면 죄책감을 느낀다.

우리는 타인과 거리가 멀어질 때 죄책감을 느낀다. 부모님께 연락한 지 한 달이 넘어가면 부모님에 대한 죄책감을 느낀다. 그리고 부모님께 연락하거나 부모님을 찾아가서 일시적으로 '거리'가 좁혀지면 죄책감은 해소된다. 죄책감은 우리가 집단생활을 유지하기 위해 만들어진 감정이기 때문이다. 타인과 멀어질 때 죄책감이나 외로움 같은 감정을 느끼지 않았다면 아마 인류는 집단생활을 유지하지 못해 이미 멸종해 버렸을지도 모른다.

완전한 이별은 그 사람과의 거리를 영원히 극복할 수 없게 만든다는 점에서 무한한 죄책감을 만들어 낸다. 이 죄책감은 모든 일에 대한 자기 의심으로 이어질 수도 있다. 이별 이후, 자기의 일이나 인간관계 등에서 전반적으로 자신감을 잃어버리고 스스로를 의심하는 일은 흔하게 일어난다. 단순하게는 내 매력이나 지혜가 부족해서 이별했다는 자기 의심 때문이기도 하지만, 근본적으로는 우리 안의 죄책감을 떨치기 힘들기 때문이다.

사랑을 시작할 때는 마치 그 한 사람의 사랑과 인정으로 모든 게 해결된 듯한 느낌을 받는다. 이제 다른 사람의 인정이나 애정은 전혀 의식하지 않은 채 확고한 자존감을 느낀다. 그의 사랑을 받았다는 사실이 나는 멋진 사람이라는 자존감을 만들어 한층 더 단단하고 자신감 있는 존재가 된다. 그러나 반대로, 그렇게 나에게 모든 것을 주었던 존재가 떠나면 모든 걸 잃은 기분에 사로잡힌다. 그와 영원히 좁힐 수 없는 거리감을 결국 극복하지 못하고 죄책감을 평생 떨쳐내지 못하는 사람도 있다.

그러나 흔히 '사람은 사람으로 잊는 것이다'라는 말이 있듯이, 우리가 느끼는 그 죄책감은 다른 사람과 좁혀진 거리로 잊히기도 한다. 사실, 살다 보면 우리는 끊임없이 누군가와 가까워지고 멀어지는 일을 반복한다. 유치원 때부터 십수 년간 매년 새로운 학급에서 새로운 친구들을 만나고 다음 해에는 멀어지기도 한다. 그럴 때마다 슬픔과 그리움을 느끼기도 하지만 곧 새로운 친구와의 관계에 몰입하며 과거의 관계를 잊는다. 아마 그 또한 우리 인류가 살아남은 이유일 것이다.

자연에서 살던 시절 주변 사람들이 세상을 떠나는 일은

무척 흔했을 것이다. 영유아 사망률도 높았고 독초를 잘못 먹거나 짐승의 습격으로 매일같이 이별이 있었을지도 모른다. 그러나 인간은 그 죄책감을 곁에 있는 또 다른 사람과의 관계로 메울 수 있도록 만들어졌다. 그래야 살아남을 수 있었기 때문이다. 우리는 고립되면 죄책감을 느끼게 만들어졌지만, 동시에 이별을 극복할 수 있도록 만들어졌다.

그러니까 우리가 느끼는 감정에 너무 깊이 매몰되지 않도록 이별 후에는 끊임없이 스스로를 다독일 필요가 있다. 이 감정은 사실 모든 사람이 겪도록 만들어진 감정이고 내 안에는 이 감정을 극복할 힘도 있다는 걸 믿어야 한다. 그리고 아무도 찾고 싶지 않고 그 누구도 나를 찾을 만한 가치가 없다고 믿는 시간, 나는 누구에게도 사랑받을 만한 자격이 없다고 착각하는 자기 의심의 시간에 자신을 의식적으로 다른 누군가의 곁으로 보내야 한다. 우리는 결국 타인의 곁에서 살아갈 수밖에 없도록 만들어진 '인간'이기 때문이다.

〈옥자〉
조금 미친 현대인과
통역 없는 사랑법

숭고한 아름다움과 현실의 아이러니

〈옥자〉는 아름답다. 거대 기업의 기만, 잔인한 육식 시스템, 비정상적 인간들의 자기모순을 다루고 있는데도 말이다. 영화의 스토리는 단순하다. 유전자 조작으로 탄생한 슈퍼돼지 옥자가 악당 기업 '미란도'에 끌려가고 미자는 그를 구하기 위해 모험을 떠난다. 결국 조력자인 비밀 단체 'ALF'의 도움을 받아 옥자를 구출하여 집으로 돌아온다. 선과 악, 조력자와 귀환까지 동화적 모험 이야기의 전형적인 요소가 모두 담겨 있는 셈이다. 〈옥자〉는 이상향인 옥자를 중심으로 숭고한 아름다움과 현실의 아이러니가 물고 물리며 다투는 각축장이다. 동화와 현실에 익숙한 우리에게 이 묘한 조합은 자꾸 잔상을 남긴다. 우리는 〈옥자〉 앞에서 고발당하기도 하며 〈옥자〉의 아름다움에 감화되기도 한다.

하지만 이 동화적 모험 이야기는 개별 인물들의 사정으로 묘한 아이러니를 띤다. 미란도 기업의 CEO 악당 루시는 자신이 악당으로 보이는 걸 참을 수 없다. 그녀는 스스로 아름답고 선한 존재라고 믿고, 그 이미지를 사랑한다. 슈퍼돼지는 유전자 조작으로 만들어졌지만 소비자들에게는 우연히 발견된 것이라 속인다. 그럼에도 루시는 자신이 선하다고 믿는다. 그녀는 악당이고 싶어 하지 않는 악당, 선한 이미지로 덧씌운 자신을 사랑하는 나르시시스트다.

선한 조력자처럼 나오는 비밀 동물 보호단체 ALF의 '제이'도 이상하긴 마찬가지다. 그는 인간과 동물에 대한 지극한 사랑으로 폭력에 반대하며 40년 전통을 이어 왔다고 말한다. 하지만 정작 조직원 중 한 명이 그에게 거짓말했다는 사실을 알게 되자 잔인하게 그를 폭행한다. 그가 사랑하는 건 생명 그 자체라기보다는 생명에 대한 '이념'이다. 우리는 이처럼 이념과 관념에 사로잡힌 인간들을 잘 알고 있다. 학살이나 광신, 독재 따위가 모두 이러한 '이념적 성향' 때문에 탄생했다는 것을 안다. 그렇기에 제이가 마냥 '선'으로 보이진 않는다. 오히려 가장 위험해 보이기까지 한다. 자신의 이념을 위해서라면 무슨 일이든 저지를 수 있는 인간처럼 보이기 때문이다.

미의식이라는 병

〈옥자〉에서 가장 거대한 대립 구도는 '미란도'와 'ALF'가 이루고 있다. 그들은 각기 세계의 거대한 흐름을 뜻한다. 미란도는 자본의 무한한 증식, 모든 것을 상품화하고 돈으로 환원하는 흐름을 대변한다. 반면 ALF는 이에 맞서서 생태주의적이거나 환경 지향적이고 지속 가능한 발전을 꿈꾸는 일련의 시민 활동을 상징한다. 실제로 현실 세계에서는 이 두 거대한 지향의 싸움이 이어진다. 이러한 구도에서 대체로 자본이 악이고, 자연 친화성이 선이라는 선입견을 지니기 쉽다. 문제는 거대한 구도에서는 선악의 대립으로 보이는 일이 개별 인간의 차원에서는 그렇지 않다는 점이다.

악의 상징인 미란도의 루시와 선의 상징인 ALF의 제이는 묘하게 닮았다. 그들은 자신들이 절대적인 '선'에 속해 있다는 관념을 포기하지 못한다. 자신들이 사랑하는 아름답고 거대한 일에 속해 있기를 바란다. 자신이 추구하는 관념을 신뢰하고, 그런 자신의 이미지를 사랑하는 모습은 어딘가 이상하고, 기괴한 인상을 준다

옥자가 탈출하고 미자가 끌려갈 때 루시는 분노한다. 하지만 그 분노는 기업의 이윤이 줄었다거나 프로젝트에 제동이 걸렸다는 데서 오는 게 아니다. 문제는 그 장면이 너무나 '아름답지 않다'는 데 있다. 인류 식량 문제를 해결한 친환경의 상징이었던 미란도가 졸지에 악의 축처럼 비치는 일을 참지 못하는 것이다. 루시의 비서 프랭크 도슨은 이를 꿰뚫어 보고 의연하게 대안을 제시한다. 옥자와 미자가 재회하는 '아름다운 장면'을 연출하자고 제안하는 것이다. 루시는 다시 아름다운 존재로 돌아갈 수 있다는 사실에 흥분하며 산골 소녀와 반려동물의 아름다운 재회를 추진한다.

자기가 추구하는 것에 대한 아름다움, 즉 미의식에 집착하는 것은 ALF의 제이도 다르지 않다. 그의 시선에는 늘

아름다운 것을 실현하고 바라보는 듯한 감상이 담겨 있다. 그는 인간과 동물을 사랑한다고 하지만 현실에 있는 존재를 바라보지 않는다. 오히려 그는 미자가 눈앞에 있을 때도 미자가 아니라 자신의 머릿속 '이상'을 바라보고 있다. 눈앞의 현실이 머릿속의 이상과 맞지 않을 때마다 그는 손가락을 손톱으로 짓누른다. 미의식을 지켜내기 위해 자기의 신체를 훼손하는 것이다. 여기에서 신체에 대한 관념(이상)의 우위, 달리 말하면 신체성에 대한 억압이 드러난다.

루시와 제이는 모두 신체성을 억압한다. 루시는 동물들은 마구잡이로 실험하고 공장식 시스템에 가둔다. 제이는 인간과 동물 사랑이라는 명분 아래 자신과 조직원에게 폭력을 행사하며 옥자가 실험당하는 걸 방치한다. 이는 선과 악의 구도가 실상은 대립하지 않고 동일한 구조임을 드러낸다. 우리 문명 자체가 신체성에 대한 억압인 것이다.

이로부터 벗어나는 건 사실상 불가능하다. ALF의 조직원 '실버'는 자연을 훼손하는 제조 과정 때문에 토마토조차 먹지 않는데 이렇게 식음 전폐는 사실 무의미하다. 그가 입고 있는 옷이나 타고 있는 트럭, 사용하는 샴푸 따위는 '비

자연적'이지 않은가? 결국 이들은 모두 신체성을 억압하는 '결벽증'에 사로잡혀 있지만 근본적으로 실현 불가능한 이상에 사로잡혀 있다.

그래서 〈옥자〉는 동물 보호나 생명 존중에 대한 영화일 수 없다. 오히려 이 영화는 인간의 근본적인 모순과 딜레마를 꼬집는다. 인간 문명에 깔린 폭력성은 결코 씻어 내거나 제거할 수 없다. 아무리 노력한다 한들 우리는 어느 정도의 폭력 위에서 어느 정도의 모순을 끌어안고 살아간다.

통역없는 사랑

통역은 〈옥자〉의 유머 포인트이면서 영화 내내 꾸준히 제기되는 문제다. 케이는 미자와 제이 사이의 통역을 맡는다. 버벅거리긴 하지만 통역은 꽤나 훌륭하고 재미있게 이루어진다. 그러나 결정적인 부분에서 케이는 미자의 말을 일부러 잘못 전달한다. 제이는 미자에게 옥자의 구출을 제안하지만 미자는 그저 옥자와 산으로 돌아가고 싶다고 말한다. 하지만 케이는 미자가 제이의 작전에 동의하는 것처럼 속였다. 이후 케이는 자신의 거짓말을 고백한다. 제이는

ALF의 신성한 전통을 모욕했다면서 케이를 무차별적으로 폭행한다. "통역은 신성"하기 때문이다.

미란도와 미자 사이에도 통역의 문제가 있다. 미자가 원하는 것은 당장 옥자를 만나는 것뿐이다. 하지만 미란도는 미자와 옥자가 만나는 장면을 연출함으로써, 기업 이미지를 복원하길 원한다. 글로벌 기업 미란도에게 미자는 소통의 대상이 아니라 기업 마케팅 수단이다. 근본적으로 그들은 미자를 이해하려고 하지 않을뿐더러 이해할 수도 없다. 미자는 그들처럼 미의식(기업 이미지)이나 자본(기업 이윤)을 전혀 고려하지 않기 때문이다. 미자가 원하는 것은 즉각적인 신체성, 즉 접촉과 만남이다.

반면 미자와 옥자 사이에는 통역이 필요 없다. 미자가 옥자의 엉덩이를 두들겨줄 때, 옥자가 미자를 절벽에서 구해낼 때, 도시에서 서로를 부르며 찾을 때 소통은 이미 완벽하게 이루어진다. 그들은 서로가 서로를 원한다는 사실, 곁에 있기를 바란다는 마음을 온전히 이해한다. 루시나 그의 언니인 낸시, ALF의 제이나 케이는 결코 그들의 마음에 닿을 수 없다. 그들은 자신이 사랑하는 관념이나 미의식 안에서 살 뿐이기 때문이다. 통역이 신성한 이유는 이들이 마음으로 소통하는 법을 잊었기 때문이다. 땅에 발붙이고 사는 법을 잊은 인간은 이념이든 미의식이든 신성이든 신체를 벗어난 '초월성'에 기댈 수밖에 없다.

결국 〈옥자〉가 고발하는 건 인간의 관념성, 즉 초월성이다. 고도의 관념으로 탄생한 인간 문명은 온갖 폭력 위에서 있다. 깨끗하고 합리적이며 효율적이고 이상적인 사회 아래에는 인간을 포함한 모든 생명에 대한 억압이 깃들어 있다. 〈옥자〉에 나타난 인간이 행하는 폭력과 모순을 깨닫는 순간, 어쩔 수 없이 우리를 구성하는 것들을 혐오한다. 우리를 이루는 자신의 신체에 대한 혐오이기도 하다. 하지만 그 혐오야말로 무엇보다도 '관념적인' 것이 아닌가?

미자는 아무것도 혐오하지 않고 추구하지도 않는다. 옥자를 사랑하지만 물고기나 닭은 아무렇지 않게 먹는다. 물고기나 닭과는 소통하지도, 사랑하지도 않기 때문이다. 미자에게는 자신을 괴롭히는 관념도 없고 자기를 씻어야 한다는 강박도 없다. 그녀가 원하는 것은 그저 늘 그랬듯이 사랑하며 사는 것뿐이다. 이 영화에서 그처럼 단순하고 당연하게 살아가는 것은 오직 그녀밖에 없다. 그 밖의 거의 모든 인물은 무언가에 사로잡혀 있고 미쳐 있다. 마치 우리 문명인 대부분이 그렇듯 말이다.

〈옥자〉가 관객에게 어떤 정답을 제시한다고 보긴 어렵다. 육식을 중단해야 한다거나 동물을 사랑해야 한다고 주장하지 않는다. 그저 이 영화는 우리가 미쳐 있는 대상을 묻는다. 우리가 사랑한다고 믿고, 사로잡혀 있는 그 무언가에서 한 걸음 물러나 보기를 권한다. 혹시 우리도 어떤 의식의 병에 걸려 있지는 않는지 생각해 볼 노릇이다. 미자와 옥자처럼 더 단순해져도 괜찮다. 그저 사랑할 필요가 있다.

4장

사랑의 이해,
믿음

사랑은
낭비하는 것

"사랑하는 사람은 사랑을 순수 소비, 즉 '아무것도 아닌 것을 위한'
낭비의 경제 체제 안으로 위치시키려 하거나 동시에 망설인다."

〈롤랑 바르트, 《사랑의 단상》 중에서〉

우리는 소비가 개인의 삶과 사회를 지배하는 시대에 살고 있다. 누구나 이익 앞에서는 인간성을 버릴 준비도 되어 있다. 주어지는 몇 푼의 돈, 그리고 자산 축적을 가장 중요하다고 말하는 시대다. 그렇기에 사람을 대할 때 철저히 계산해 손해와 이익을 따지기도 한다. 이익이 될 것 같은 사람과는 좋은 관계를 유지하려는 반면, 그렇지 않을 것 같은 사람과는 과감하게 연을 끊기도 한다.

그런데 롤랑 바르트에 의하면 사랑하는 사람에게는 그런 손익 계산에서 벗어난 '낭비의 경제'라는 것이 도래한다. 우리는 인생의 모든 요소를 자기 계발적 관점에서 바라보는 데 익숙하다. 시간은 커리어를 위해, 이익을 위해 써야 한다. 그러나 사랑에 빠진 순간, 적어도 사랑에 눈이 먼 동안은 계산 감각을 잊는다. 사랑에 시간과 마음을 쏟아 부으며 그동안 가졌던 계산적인 생각을 내다 버린다.

인생에서 그토록 중요하다고 믿었던 대학교 학점이라든지 몇 푼의 돈이라든지, 강박적으로 쌓은 계획들이 사랑 앞에서는 허물어진다. 롤랑 바르트의 말마따나 사랑 앞에서 "소비는 무한대로 열려 있으며, 힘은 목표물 없이 표류한다". 우리는 서너 시간씩 아무런 할일도 없이 연인과 공원 벤치에 앉아 말 그대로 시간을 낭비한다. 그저 쏟아지는 햇빛과 낙엽과 바람에 취해 버린 채로 눌러앉아 자기계발을 포기한다. 서너 시간이 아니라, 사나흘씩 작은 방에서 서로에게 흠뻑 취해 시간이 흐르는 줄 모르곤 한다. 롤랑 바르트는 그렇게 사랑이 불러일으키는 낭비 상태에서야 말로 어떤 '충일'이 나타난다고 말한다.

"사랑의 소비가 한계도 반복도 없이 계속해서 확인될 때, 충일이라 불리는 저 찬란하고도 진귀한 것, 아름다움과도 버금가는 것이 나타난다." 사실, 요즘 시대에는 사랑에 목을 매느라 현실을 방치하는 짓이야말로 참으로 어리석은

행각이라 말한다. 사랑이라는 환상에 눈이 멀어 현재의 자산을 낭비하고, 미래를 대비하지 않기 때문이다. 그러나 아무리 사랑과 현실의 조화가 중요하다 하더라도, 사랑의 근본적인 속성 중 하나가 낭비라는 진실마저 지울 수는 없다. 사실, 우리는 그 낭비의 순간 때문에 사랑한다.

아무런 걱정 없이 현실을 지운 채 온전히 상대와 나만이 존재하는 그 충일감에 몰입한 시간은 아마도 삶에서 가장 소중한 순간 중 하나일 것이다. 사실, 우리가 그토록 온갖 계산과 노력, 자기 계발로 만드는 인생의 최종 목적 또한 그런 '충일의 순간'일지 모른다. 어느 순간 사랑 앞에서 잠시 현실을 내려놓아야 하는 때가 온다. 그리고 삶을 낭비해야 한다. 그 충만감에 온몸과 온 마음을 적셔야 한다. 비록 영원할 것만 같았던 사랑이 끝나 다시 현실로 돌아와야 할지라도, 그 충만한 사랑을 경험해야 한다. 생각보다 인생은 짧기에 우리가 계산하고 쌓느라 이 삶의 가장 소중한 시간이 모두 지날지 모르기 때문이다.

자기애와 이기심에
관하여

"이기적인 사랑은 자기 자신을 엄청나게 사랑하는 것이 아니라
거의 사랑하지 않는다. 사실상 그는 자기 자신을 미워한다."
(에리히 프롬, 《사랑의 기술》[10] 중에서)

에리히 프롬은 자기애와 이기심을 구별한다. 에리히 프롬이 볼 때, 이기심은 오로지 자기 자신에게만 관심이 있는 마음이다. 그래서 받는 일에서만 기쁨을 느끼고 무엇을 얻을지 고민하는 마음이다. 그에 비해 사랑은 "우리 자신의 생명, 행복, 성장, 자유에 대한 긍정"이며, 이는 다른 사람뿐만 아니라 자기 자신을 사랑할 때도 동일하게 적용된다. 즉, 이기적인 사람은 누구도 사랑한다고 볼 수 없고 그저 타인에게서 무엇을 얻을지에만 관심이 있다. 그는 타인이나 자기 자신을 사랑한다고 말하지만 사실은 무엇을 얻는

데만 집착할 뿐, 사랑으로부터 멀어지고 있다. 그래서 그는 사랑하는 것이 아니라 사실상 사랑으로부터 스스로를 멀어지게 해 자기 자신을 미워하는 것이나 마찬가지다.

그렇다면 에리히 프롬이 말하는 '사랑'이란 정확히 무엇인가? 그는 사랑에 대한 여러 가지 정의를 이야기하고 있다. 핵심은 "자신의 생명을 줌으로써 타인을 풍요롭게 만들고, 자기 자신의 생동감을 고양함으로써 타인의 생동감을 고양"하는 것이다. 즉, 사랑이란 어떤 사람을 소유하는 행위라기보다는 넘치는 생명력의 표현이다. 그러니 진정으로 사랑할 줄 아는 사람은 근사한 사람을 얻으려는 이유로 사랑하지 않는다. 사랑을 이유로 무언가를 받기보다 오히려 자기 안에서 넘쳐나는 어떤 에너지를 주려고 한다.

이런 관점은 근래 우리 사회가 사랑을 대하는 방식과는 많이 달라 보인다. 대부분 사랑에 관한 고민은 '어떤 사람'을 만나야 하는가에 집중되어 있다. 어떤 스펙, 어떤 직업, 어떤 외모, 어떤 집안, 어떤 성격의 사람을 만나 사귀고, 나아가 결혼해야 하는지가 대부분 사랑에 관해 가지는 초미의 관심사다. 다시 말해 사랑이란 적절한 그 누군가를, 혹은 적당한 어떤 대상을, 혹은 괜찮은 존재를 선별하는 것이다. 그러나 에리히 프롬이 볼 때 그런 것은 사랑과 거의 관련이 없다. 사랑이란 오히려 자기 안에서 끓어 오르는 에너지를 통해 상대와 관계 맺고 서로를 성장시키며 새로운 삶으로 가고자 하는 결단에 가깝다.

물론 어떻게 보면 에리히 프롬의 사랑관을 다소 낭만적이거나 비현실적으로 생각할 수 있다. 평생 혹은 최소 한 시절 동안 나와 함께 할 사람이 어떤 조건의 사람인지 따져 보는 일은 당연히 중요하다. 누구보다 나의 옆에서 가장 많은 시간을 함께 쓰고 고민을 나눌 연인 혹은 반려자가 좋은 사람이기 바라는 마음은 지극히 당연하다. 그러나 에리히 프롬이 보기에 그것은 적어도 사랑의 본질은 아니다. 일종의 연인 관계 혹은 결혼 관계라는 독특한 계약관계에 딸려 오는 한 측면일 뿐이다. 사랑 자체가 무엇이냐고 묻는다면 서로에게 생명을 주면서 서로를 더 성장하게 하고, 삶을 창조하고자 하는 결단이다.

지금은 사랑이 일종의 사회적인 스펙 비교로 계산 가능하다고 받아들여지는 시대다. 동시에 많은 사람이 사랑의 다른 측면에 관해서도 알고 그 힘을 믿는다. 사랑하는 사람을 만나 평생 누구에게도 털어놓은 적 없던 상처를 이야기하고 받아들여지는 일. 사랑하는 사람을 계기로 처음 찾아간 낯선 장소와 새롭게 하게 된 경험들. 사랑하는 사람을 믿고 응원하면서 나 역시 그만큼의 격려를 받고 함께 성장해 가는 시간까지. 그런 것들이 여전히 사랑 속에 존재하고 그들의 사랑을 완성한다고 믿는 사람도 있다. 에리히 프롬이 전하고자 했던 내용은 '그런 사랑'의 핵심이었을 것이다. 사랑은 그 사랑으로 인해 이전에 없던 삶을 창조한다.

사랑이 넘쳐난다고 느낄 때, 우리는 무엇이든 해낼 수 있다는 희망과 자신감을 갖는다. 그리고 실제로도 예상하지 못한 일을 해내고 만다. 이전까지 상상만 했던 먼 여행을 떠나기도 하고 그전까지 망설이기만 했던 일들을 순식간에 해내기도 한다. 한 번도 할 수 있을 거라 믿지 못한 일이라 해도 사랑하는 사람의 응원에 힘입어 성공해낸다. 사랑하는 사람을 위해서라면 지구 끝까지 달려가기도 한다. 그 모든 일은 정말이지, 사랑이 하는 일이다. 사랑은 우리 마음에 생명을 불어넣고 삶에서 이전에 없던 궤적을 그려내게 한다. 사랑이 일단 마음에 들어오면 자기 자신도, 타인도, 세상도, 이 삶도 한결 더 넘치는 마음으로 대하게 된다. 사실, 사랑이란 그런 것이다. 사랑은 그렇게 이전에 상상도 못했던 대단한 무언가를 우리가 성취하게 하는 힘을 준다.

베푸는 사랑의
가치

"의미화의 기능이 현저히 퇴락한 상태는 우울증의 전형적 증상이다. 사랑하는 사람의 죽음과 같은 상실의 계기로 인해서 우울증자는 더 이상 사유하기를 거부하는 병에 걸린다. 그것은 사유가 몰락하는 마음의 병이다."

(백상현, 《고독의 매뉴얼》[20] 중에서)

요즘 사랑의 문제란 내가 어떤 사람을 고를 것인가, 내게 어떤 사람이 어울릴 것인가와 관련되어 있다. 내가 고르는 사람이 내게 무엇을 줄 수 있을 것인가, 어떤 사람을 만나야 인생에 보탬이 될 것인가를 항상 사랑의 핵심 언저리에 둔다. 이런 관점은 사랑에서 매우 수동적인 관점일 수 있다. 애초에 사랑 자체를 무엇을 '받을 것인가'로 전제하고 있기 때문이다. 마치 내게 사랑을 줄 만한 적절한 사람을 고를 수 있다면, 가장 중요한 문제는 해결되고 좋은 사랑을 할 수 있을 것처럼 말이다.

그러나 세상 모든 일이 그렇듯이, 사랑에서도 가장 중요한 것은 '나 자신'이 어떻게 하느냐이다. 상대방이 내게 주는 사랑보다 내가 상대방에게 주는 사랑이 더 중요할 수 있다. 무슨 일이든 '스스로 하기에 따라 달려 있다'는 말이 지탄을 받는 세상이지만, 반대로 상대방에게만 달린 문제도 거의 없다. 공부를 잘하기 위해서는 좋은 강사를 고르는 것보다 자신이 어떻게 하느냐가 중요하다. 어떻게 일하며 살아가느냐는 어떤 직장과 상사를 만날지 못지않게 자신이 어떻게 하느냐에 달려 있기도 하다. 더군다나 사랑은 어느 한 사람만 주도하는 게 아니라 서로 사랑을 교류하고 같이 주도하는 일에 가깝다.

그렇게 보면, 사랑에 대한 문제를 고민할 때도 '내가 무엇을 얻을 수 있는가'와 더불어 '나는 상대에게 무엇을 줄 수 있는가'를 고민해야 한다. 나는 상대에게 어떤 행복과 기쁨을 줄 수 있는 존재일까? 나는 상대방의 인생에서 얼마나 중요하고 위안을 줄 수 있는 존재일까? 내가 상대방에게 기대하는 만큼, 나는 상대방이 기대할 수 있는 존재일까? 그런 지점들을 먼저 고민하고, 사랑의 기본적인 태도로 지니는 성찰이 항상 중요하다.

이런 문제는 단순히 좋은 사랑을 하느냐 마느냐의 문제

를 넘어 자신의 자존감과 관련되어서도 중요하다. 내가 그 누군가에게, 특히 사랑하는 사람에게 가치 있는 존재고 그의 삶에 중요한 기여를 하고 있다는 믿음. 그 믿음은 때론 인생을 결정적으로 떠받드는 근거가 된다. 삶이라는 게 오로지 자기 자신을 위해서만 살아가는 게 현명한 것이고, 옳은 것이고, 이로운 것처럼 일컫는다. 하지만 그보다 많은 순간 삶을 지탱하는 것은 사랑하는 이들에게 내가 의미 있다는 느낌이다. 나라는 인간이 살만한 가치가 있고, 때론 살아야만 하며, 살아서 그 누군가에게 이롭다는 그 느낌만큼 삶에서 중요한 것은 별로 없다.

그래서 꼭 그 누군가에게 무엇을 얻을 것인가 하는 관점보다도, '내가 그 누군가에게 얼마나 의미있는 존재가 될 수 있을 것인가' 하는 관점에서 사랑에 접근하는 게 오히려 더 현명한 방법일 때도 있다. 물론 두 가지의 관점을 다 적절하고 조화롭게 가지면 좋겠으나, 사회 전반적으로 전자에 너무 초점이 맞춰져 있고 흔히 말하는 '사랑과 결혼 이야기'도 전자로 심하게 기울어 있다는 느낌을 받곤 한다. 사랑은 서로가 서로에게 가치를 선물하는 과정이며 가치를 얻기 위해 자신을 내어 주는 과정이기도 하다. 사랑에서 그런 측면이 빠진다면, 아마 아무것도 아닐 것이다.

관계에서의 손해는
투명하다

"시장지향적 경제논리는 결혼과 이혼에 다음과 같이 적용된다.
결혼에서 기대하는 효용이 독신으로 남거나 더 나은 짝을 찾는 경우에
기대하는 효용을 초과할 때 결혼하기로 결정한다."
(마이클 샌델, 《돈으로 살 수 없는 것들》[21] 중에서

결혼한 커플이 매일 싸우고 싶다면 한 가지 비결이 있다. 서로의 관계에 대해 철저한 손익 계산을 시작하면 된다. 내가 월 100만 원을 더 버니 당신은 100시간 가사노동을 더 해야 한다, 내가 이번 주 1시간 30분 더 아이를 돌봤으니 당신도 그 시간만큼 집안일을 더 해야 한다, 내 결혼시장에서의 값어치가 얼마인데 당신과 결혼하여 손해를 보고 있다, 내가 3천만 원 더 내고 결혼했으니 내가 더 손해 보았다 등등 이런 식으로 시간과 돈을 비롯해 가치를 매길 수 있는 모든 것을 손익으로 환산하여 강박적인 계산을 시작

하는 것이다.

만약 이렇게 내가 본 손해에 관해 이야기할 때 상대방에게 지고 싶지 않다면 명심해야 할 중요한 핵심이 있다. 바로 흔히 돈으로 쉽게 환산할 수 없는 것에는 결코 가격이 없다는 사실이다. 당신을 만나 이야기를 털어놓으며 나의 오랜 트라우마를 매만질 수 있었으며 나의 성격에서 다소 모난 부분들이 다듬어질 수 있었고, 내 부족한 자존심이나 자격지심이 당신을 통해 치유될 수 있었다. 당신과 만나 좋은 시간과 경험을 누릴 수 있어서 이 삶이 조금은 다정했다는 식의 허무맹랑한 이야기들은 결코 계산서 안에 들여서는 안 된다. 만약 그런 걸 계산서 안에 넣고 싶다면 상대에게 심리 상담사 자격증이라도 따라고 먼저 요구해야 할 것이다.

인간관계의 우열을 손해와 이익으로 따지는 건 예상외로 꽤나 매력적인 일이다. 만약 이 계산에서 승리한다면 나는 권력의 측면에서 우위를 갖게 되고 상대에게 언제든 권력을 과시할 수 있다. 모든 관계는 '힘의 관계'이기 때문에 손익 계산에서 승리하면 기본적으로 우월감과 자존감을 확고하게 가질 수 있다. 상대의 굴종을 얻거나 지배력을 확인할 수 있으며, 그것은 무엇보다 내게 심리적 안정감을 준다. 매일 이어지던 부부싸움도 이제 확고한 나의 승리로 안착해 편안한 승리감 속에서 이 관계를 누릴 수 있게 된다.

요즘 인간관계나 연인, 결혼의 문제는 이런 손익 문제와 매우 깊이 얽혀 있다. 사랑의 문제 그 기저에도 묘한 손익 계산이 깔려 있다. 누구도 아무 생각 없이 사랑하지 않는다. 적어도 시대에 맞는 미적 기준, 사랑의 기준, 나와 주변의 기준 같은 것들이 얽히며 상대를 사랑할 전제 조건을 형성한다. 그러나 설령 사랑하는 사람이 계산적인 마음을 품고 있다 하더라도 사랑 자체를 손익 계산으로만 환원하려는 건 사실상 사랑을 하지 않겠다는 뜻이나 다름없다.

사람과 사람이 만나 사랑을 하는 일은 항상 거래 이상의 의미를 지닌다. 오히려 사랑은 때로 이익보다 더 중요한 의미가 있다는 걸 스스로 인정하는 일에 가깝다. 이익이 되지 않는 일에 시간과 마음을 쏟고, 돈으로 환원되지 않는 영역에서 감정이나 이해심을 나눈다. 각자가 어떤 삶의 여정을 거쳐왔든 서로를 만난 순간부터 두 사람의 삶이 시작한다. 그렇게 이해와 위안, 성장과 나눔으로 일궈 나가는 시간이 대체 불가능하고 계산 불가능한 차원을 만들어낸다.

그렇기에 지속적인 사랑에서 중요한 것은 철저한 손익 계산보다 삶이나 관계에는 손익 이상의 가치가 있다는 사실을 언제나 기억하는 것이다. 물론 너무 일방적인 희생이 강요되어 당사자와 관계를 훼손한다고 느낀다면 그에 대해서는 진지한 대화나 서로의 교정이 필요할 것이다. 손익은 사랑의 전부는 아니지만 사랑의 관계에서 고려해야 하는 문제이기도 하기 때문이다. 그러나 계산은 늘 눈에 보이고 명쾌하다는 특성 때문에 눈에 보이지 않는 다른 모든 것을 집어 삼키는 블랙홀이 되기도 쉽다. 사람이 온전히 사랑하고자 한다면, 계산을 하되 그 계산에 집어 삼켜지는 것 또한 늘 주의해야 한다.

질투하는 사람의
괴로움

> "질투하는 사람으로서의 나는 네 번 괴로워하는 셈이다.
> 질투하기 때문에 괴로워하며, 내 질투가 그 사람을 아프게 할까 봐
> 괴로워하며, 통속적인 것의 노예가 된 자신에 대해 괴로워한다."
>
> (롤랑 바르트, 《사랑의 단상》 중에서)

롤랑 바르트에 의하면 질투는 통속적이다. 그것은 관례적이며 제도적이다. 그런데 이 모든 것은 롤랑 바르트가 말하는 '사랑'이 아니다. 오히려 사랑은 통속, 관례, 제도 같은 것들, 즉 '관습'을 뛰어넘는 것이다. 사랑은 관습에 갇히지 않는 충동이며 오히려 관습 자체를 박살낸다.

사랑은 관습을 넘어서고 상대와 나의 고유한 관계를 만들어준다. 나는 나를 위해, 그리고 상대를 위해 그를 사랑한다. 거기에 질투 유발자가 끼어드는 자체가 사랑을 훼손하는 일에 가깝다. 사랑에 완전히 빠진 사람은 질투조차 잊

기에 질투가 거기에 끼어들 여지는 없다. 그저 상대를 사랑할 뿐이다. 상대를 이해하고, 그의 곁에 함께 있고 싶을 따름이다. 엄밀히 말해 질투는 순수한 사랑의 요소가 아니다.

다시 말해, 질투는 사랑을 훼손한다. 나와 사랑하는 사람 사이에 끼어들어 나를 괴롭게 한다. 그로 인해 내가 상대방을 온전히 사랑하기 어렵게 한다. 다르게 말하자면, 이렇게 질투가 사랑에 끼어드는 것은 일종의 '관습'이 사랑에 침범하는 일이기도 하다. 예컨대 일부일처제라는 관습은 사랑의 확장을 차단하고 사랑하는 사람을 제도 안의 소유물로 만든다. 사랑은 제도 안에 갇혀서 질투가 된다. 사랑하는 사람은 사랑이 제도 안에 갇혀 닿지 못하고 좌절되어야 함에 괴롭다. 그래서 질투란 관습적이다.

롤랑 바르트는 그렇기에 관계 안에서 누가 누구의 소유라는 구조, 즉 다른 사람들처럼 똑같이 질투하는게 당연한 관습이나 마치 로봇과 기계처럼 입력된 듯한 '시스템적인 감정'이 괴롭다고 말한다. 나는 질투할 때, 너무도 상투적이고 일반적인 사람이 된다. 애초에 나와 당신 사이의 그토록 고유했던 사랑은 상투적이고 일반적인 소유의 메커니즘 속으로 들어간다. 그래서 질투가 더욱 괴롭다. 그렇다면 사랑하는 사람은 질투를 넘어서야 할까? 질투를 거부해야 더 인격적으로 완벽한 사랑일까? 질투를 이겨내야 진정으로 고유하고 순수하게 사랑하는 것일까?

그것에 대해 명확하게 대답하긴 어렵다. 오히려 질투가 사랑의 윤활유가 된다고 하는 견해도 있듯이 사랑을 정의하는 방식도, 질투에 대한 고민도 저마다 다를 것이다. 다만 하나 확실한 건 사랑의 여정 속에서는 누구나 '상투적인 것'을 만난다는 점이다. 부정하고 싶어도 사랑에는 상투적인 구석이 있다. 어쩌면 사랑은 우리가 때론 고유하면서도 상투적인, 그런 다양하고 모순적인 존재라는 사실을 알려주기 위해 우리에게 오는 지도 모른다.

그러므로 롤랑 바르트처럼 '상투적인 것'과 '순수한 사랑'을 엄격하게 나누어서 괴로워하는 것보다 상투적인 것도 사랑의 일부라고 받아들여도 좋다고 생각한다. 사랑이라는 물결이 우리에게 올 때 손익 계산, 상투성, 관습, 제도 같은 불순물들이 함께 떠내려 온다. 때로는 그런 것들을 걸러내야 하지만 때로는 인정할 필요도 있다. 어느 누구도 순수하고 완벽한 사랑만을 할 수는 없기 때문이다. 사랑은 사랑이 아닌 것들을 품고 함께 오기에, 우리는 그런 것들을 다루는 법도 배워야 한다.

도파민과 사랑

"도파민은 연애가 시작되는 초반에 사랑을 더 활활 타오르게 만드는 불쏘시개다. 그리고 연애 중반기에 접어들면 사랑의 성격은 달라진다. 화학작용이 변하기 때문이다."
(대니얼 Z. 리버먼, 마이클 E. 롱, 《도파민형 인간》[22] 중에서)

인간에게는 관점에 따라 크게 두 종류의 화학물질이 존재한다고 볼 수 있다. 하나는 '기대감 분자'라고 불리는, 미래 지향적인 화학물질인 도파민이다. 다른 하나는 현재 지향적 화학물질들로서 세로토닌, 옥시토신, 엔도르핀 등으로 이루어져 있다. 사랑 또한 이 두 화학물질의 지배를 받는다. 연애 초기에 서로는 서로에게 미래다. 상대는 아직 탐험하지 않은 모험 지대라서 계속 더 알고 싶고, 달려가고 싶은 기대감의 영역에 속해 있다. 그래서 사랑의 초기에 두 연인은 불타오르면서 서로를 향해 달려간다. 아무리 같이 있어도 서로에게 더 접근하고 싶고, 더 알고 싶다. 함께 있어도 당신이 그립다. 도파민의 지배 아래에서 당신은 나에게 끝없는 미래이고 기대감의 대상이기 때문에 나는 당신을 열망한다.

도파민은 대체로 인생에서 무언가 '미래'의 성취를 위한 몰입과 깊은 관련이 있다. 법조인이 되기 위해 고시 공부에 몰두하거나, 올림픽에서 금메달을 따기 위해 연습을 하거나, 사업에서 성공하거나 예술적으로 큰 성취를 위해 끝없이 노력하고 계획하는 일들을 떠받치는 것이 도파민이다. 도파민은 미래에 어떤 불확실한 성취나 쾌감이 주어지리라 믿으면서 사람을 열정적인 몰입 상태에 빠져들어 끝없이 상상의 나래를 펼치도록 도와준다. 그래서 도파민에 사로잡힌 사람은 아름다운 미래를 상상하며 열정을 다 바쳐 현재를 갈아 넣고 '욕망하는 인간'의 전형으로 산다.

그러나 이렇게 미래 지향 화학물질인 도파민이 활동할 때 현재 지향적 화학물질들은 대부분 활동을 멈춘다. 현재 느낀 실질적인 감각과 감정 자체로부터 받는 기쁨이 '현재 지향적 화학물질들'이 하는 일이다. 결국 우리가 미래를 지향하며 욕망에 사로잡힌 순간에는 현실에서 감각을 통해 느낀 행복과 기쁨은 사실상 존재하지 않는 것과 다름 없다.

오직 미래의 성공만을 바라며 공부나 연습에 몰두하는 사람에게는 이 순간 나의 감각으로 느껴지는 현실의 행복은 존재하지 않는다. 도파민의 기쁨은 추상적인 성취로부터 오는 것이기 때문이다.

이는 사랑 또한 마찬가지다. 연애 초기의 불타는 듯한 열정은 대개 도파민의 작용이 일으킨 감정이다. 이 열정은 이후 현재 지향적인 화학물질에 그 자리를 내주어야 한다. 끝없이 그리운 당신, 항상 달려가야 하는 미래, 무엇이든 더 주고, 더 다가가지 못해 안달인 상황은 언젠가 끝이 난다. 그 끝을 맞이하는 순간이란 도파민이 더는 분비되지 않는 순간이다. 그때가 되면 연인은 서로를 향한 열망 혹은 열정, 혹은 미래에 대한 무한한 호기심 자체에서 벗어나 현재 상태를 긍정할 수 있어야 한다. 서로가 현실로 존재하는 인간이자 감각이 되어야 한다. 그러면 비로소 현재 지향적인 화학물질 속에서 관계는 어우러지며 사랑이 정착된다.

만약 이런 새로운 관계에 적응하지 못한 채, 끝없이 도파민 작용만을 바라게 되면 둘 사이의 관계는 삐걱거릴 가능성이 높다. 처음처럼 서로를 열망하지 않는다고 느낄 때마다 사랑이 끝나간다며 좌절감을 느낄 것이다. 그래서 도파민 작용을 다시 부추겨 보고자 다양한 시도를 할 수 있다. 더 화려하고 이색적인 이벤트를 계속 준비하거나 일부러 연락을 끊어서 상대를 안달 나게 하고, 끊임없이 새로운 상황을 찾아다니게 될 수 있다. 계속 서로의 관계를 도파민 구조 속에 넣어 유지하려는 것이다. 그러나 그런 상황이 영원히 이어질 수는 없다.

결국 연인은 어느 시점부터는 서로를 현재이자 현실로서 인정해야 한다. 이적의 노래 〈하늘을 달리다〉의 가사처럼 "마른 하늘을 달려" 서로에게 끝없이 달려가는 순간에서 시작해, 〈다행이다〉 속 가사처럼 상대의 "머리결을 만지고" 서로의 존재에 안도감과 은은한 행복감을 느끼는 단계로 가야 한다. 당신이라는 존재가 어떤 성취의 대상이 아니라 그저 여기 존재하는 오늘이고, 오늘도 당신이 존재해서 행복하다고 느끼는 단계에 도달해야 한다. 내 상상 속 이상적인 사람이라며 당신을 상상하고 숭배하며 열렬히 당신을 찾는 것은 도파민의 역할이다. 그리고 그런 일은 언젠가 반드시 끝난다. 반대로 당신이 하루의 일부고 현실의 한 조각이며 나와 함께 현재를 이루는 사람이라 실제 감각으로 느껴질 때 비로소 도파민의 지배에서 벗어난다.

그러나 누구도 도파민으로부터 완전히 벗어난 삶을 살수 없다. 인간은 욕망하는 존재고 무언가를 추구하도록 태어났다. 그러면 그때부터 두 사람은 함께 무언가를 지향하면 된다. 내 안에 솟구치는 도파민이 향할 곳을 함께 고민하고 만들면 된다. 두 사람이 함께 살고 싶은 집이든 함께 떠나고 싶은 여행이든 상관없다. 그들은 함께 상상하며, 그 어떤 상상을 기대할 수 있다. 그렇게 우리 안의 화학물질을 알고 이용할 수 있다면 사랑이 식었거나 권태라고 느꼈던 나날들이 오히려 관계를 더 이어갈 수 있는, 오랜 '사랑의 나날들'이라고 느낄 수도 있을 것이다.

사랑과 수수께끼에
관하여

"사랑이 대상으로 삼는 것은 사람 그 자체도,
또 그 사람이 지닌 특성도 아니다.
사랑의 표적은 타자라는 수수께끼다."
(알랭 핑켈크로트, 《사랑의 지혜》23 중에서)

흔히 우리는 사랑을 할 때 그 사람의 '특성' 혹은 '속성'을 사랑한다고 한다. 연인끼리도 서로에게 "나의 어떤 점이 좋아?"하고 묻고 그에 얼마나 멋진 대답을 하느냐가 로맨틱한 관계의 중요한 조건처럼 여겨진다. 상대로부터 나의 매력적인 특성을 확인받는 일, 또한 상대가 가진 최고의 장점을 찬양하는 일이 사랑에서 빠질 수 없다고 생각한다.

그러나 알랭 핑켈크로트가 강조하는 바에 따르면 이런 사랑은 사랑이라기보다는 '지식'과 관련된 일이다. 오히려 사랑하는 사람은 당신을 알 수 없다. 사랑하는 사람에게 당신은 수수께끼 그 자체로 다가오기 때문에 당신은 지식이 되지 않는다. "당신은 어떤 사람이야.", "당신은 어떤 특성을 지녔어."와 같은 말들은 모두 '당신에 대한 지식'과 관련 있다. 그러나 사랑은 이런 지식을 거부하고, 당신을 미지의 수수께끼로 내 안에 소환한다.

그렇기에 사랑은 내가 모르는 어떤 타자를 전면적으로 경험하는 일이다. 사랑은 내게 복종을 원하고, 나를 수동적으로 만들어 타자를 수용하도록 만든다. 나는 사랑 안에서 '나'보다 우위에 있는 어떤 존재를 경험하게 된다. 사랑 속에서 타자는 절대적인 경험으로 각종 편견을 부순다. 내가 아는 기준이나 지식, 통념이나 편견으로 상대방을 포섭할 수 없도록 괴물처럼 꿈틀거린다. 사랑 앞에서 비로소 나를 규정한 온갖 언어를 재정립해야 하는 입장에 처한다.

그러나 우리가 생각하는 사랑이란 나의 기준에 얼마나 부합하는 상대방을 찾느냐 하는 일이다. 나의 기준, 통념, 선입관에 가능한 딱 맞아떨어지는 속성을 가진 사람을 찾아내고 '그런 속성을 가진 사람'으로 규정하는 일이다. 그런데 알랭 핑켈크로트는 진정한 사랑이란 바로 우리가 흔히 생각하는 일반적인 사랑, 그 자체와 싸우는 일이라고 한다. 바로 그 경험 자체가 우리가 언어라는 폭력으로 규정될 수 없는 존재이자 존엄한 존재라는 사실을 알려준다. 또한 모든 것이 규정된 체계로 이루어진 이 현실과 싸워 진정한 삶과 관계로 이를 수 있는 길이 된다.

연인이나 부부뿐만 아니라, 사람과 사람이 맺는 많은 관계를 사랑의 관계라 부를 수 있을 것이다. 우리는 타자에 대해 궁금해 하고, 그를 낯선 존재로 경험하고, 그를 안다고 규정짓기 전까지 그를 사랑의 대상으로 여긴다. 그러나 점점 그 타인을 뻔한 존재로 규정 짓고, 분류하고, 단정 짓기 시작하면 그는 이제 사랑의 대상에서 지식으로 변한다. 그리고 일반적으로 사회 속에서 맺는 무수한 관계는 그런 지식의 관계들로 이루어져 있다. 그런 방식이 우리를 편하게 만들어 주고, 삶을 예측 불가능한 상태에서 건져내어 뻔하고 예측 가능한 삶으로 만들기 때문이다.

그렇게 삶에서 수수께끼같은 타자성을 점점 잃는 추세가 과연 좋기만 한 현상인지 고민할 필요가 있다. 새로웠던 것들이 익숙해진 삶은 안정적이고 평화롭지만, 결국 그런 삶에서는 타자와 역동하며 맺는 관계의 생생함이 빛바랠 수 있다. 나아가 한 사회가 그렇게 사랑 없는 사회로 완성되어 갈수록 그 사회는 굳건한 '규정의 폭력들'로 가득해질 수 있다. 이 사회에 가득한 여러 편견, 혐오, 차별은 사랑이 아닌 규정 속에서 더욱 강력해진다. 반대로 그런 타자들이 그 자체로 전면적인 사랑 속에 존재한다면 이 사회는 영원히 멈추지 않고 끊임없이 새로운 언어들을 만들어 가는, 다양하고 열린 사회로 갈 수 있는 통로가 된다.

물론 현실적으로 사랑을 하면서 상대를 전혀 규정 짓지 않는 건 불가능하다. 이를테면 요새 유행하는 MBTI 성격 유형검사처럼 여러 성격들을 규정하면서 우리는 상대를 알아가고, 그러한 앎이 사랑에 중요하다고 느끼기도 한다. 다만 그러한 앎 자체에 상대를 완전히 가두는 일을 경계할 필요가 있다. 사실 사람은 끊임없이 변화하는 존재이기 때문에, 몇 년쯤 지나면 MBTI도 달라질 수 있고 내가 그 사람이라 생각했던 많은 속성들이 변할 수도 있기 때문이다.

그렇기에 우리가 상대방을 사랑으로 대한다는 것은 상대에게 끊임없이 열려 있는 것이다. 이는 우리 자신에 대해서도 다르지 않다. 나 또한 세월이 흐르며 많은 것들이 달라지는 한 명의 사람이다. 내가 나를 사랑한다는 것은 나를 엄격하게 규정하여 그 속에 가두기보다, 변화하는 나를 조심스럽게 들여다보고 스스로 받아들이는 일이기도 하다. 결국 두 사람이 하는 사랑이란 그런 서로에 대해 '열려 있음'을 유지하며 폭력적으로 서로를 재단하지 않는 것이다.

오락 같은 사랑과
진실한 사랑

"사회적 통념은 온갖 형태의 피난처를 만들어놓았습니다.
사회적 통념은 애정생활마저도 오락 같은 것으로 만들어버렸습니다.
그 결과 다른 일반 오락들처럼 애정생활 역시
쉽고 값싸고 위험 없고 안전한 것으로 만들어질 수밖에 없었습니다."
(라이너 마리아 릴케,《젊은 시인에게 보내는 편지》[24] 중에서)

릴케는 사랑의 '인습성'에 대해 이야기한다. 릴케에 의하면 우리 시대 사랑은 대부분 인습화되었다. 인습이란 일종의 사회 통념에 따라 편견처럼 만들어진 관습이라 볼 수 있다. 사람들이 하는 대부분의 사랑은 흔히 말하는 '사회적 통념' 또는 '사회적 관습'을 따라 하는 행위에 지나지 않게 되었다는 것이다.

물론 릴케 시대의 사랑을 곧바로 21세기 대한민국의 사랑이랑 동일시할 수는 없다. 그럼에도 한 시대를 관통하는 사랑의 방식이 어느 정도 인습화되어 있다는 데는 깊이 공감한다. 흔히 사랑하는 사람들은 사회에 존재하는 몇 가지 공통된 모습을 관문처럼 거친다. 두 사람이 만나 매일 문자를 주고 받다가 카페나 영화관을 가고, 정해진 손가락에 커플링을 낀다. 때로는 늦게까지 술을 마시고 잠자리를 갖기도 한다. 또한 데이트를 할 때마다 사진으로 찍어 SNS에 올리며 남들 못지않은, 남들처럼, 남들과 같이 예쁜 연애를 하고 있다는 걸 세상에 알린다. 우리 시대 사랑은 그렇게 인습화됐다.

비단 우리 시대만의 문제는 아니다. 모든 시대는 각 시대마다 사랑의 방식이 있다. 사랑은 어느 정도 시대적이고 사회적으로 규정된 사랑을 흉내 내며 이루어진다. 예전에 사랑을 시작하던 사람들이 일단 다방이나 극장에 갔던 것처럼, 이 시대 사랑하는 사람들은 일단 전망 좋은 루프탑 카페나 호캉스(호텔과 바캉스의 합성어로, '호텔에서 즐기는 바캉스'를 의미한다)를 간다. 그런데 릴케의 관점에서 사랑이라는 게 이런 인습으로만 이루어져 있다면 이는 "값싸고 위험 없는" 오락에 불과하다. 그저 본격적으로 사귀기 전에 썸 타면서 잠시 즐기는 애정 생활일 뿐, 진정한 사랑은 아니라는 것이다. 인습적 사랑은 달리 말해 "비개성적인 우연"일 뿐이다.

릴케가 생각하는 진정한 사랑이란 뭘까? 한마디로 요약하기긴 어렵지만 릴케는 "두 개의 고독이 서로를 보호해 주고 서로의 경계를 그어놓고 서로에게 인사하는 사랑"이라고 말한다. 자기 자신을 잃어버린 채 그저 사회가 요구하는 방식에 빠져 인습을 따라 하고 반복하는 것은 진정한 사랑이 아니다. 그보다 두 사람이 각자의 고독을 유지한 채로, 서로의 고독을 보호하면서 각자의 세계를 지켜 서로에게 인사하는 사랑이야말로 '진정한 사랑의 방식'이다. 릴케에게 진정한 사랑은 섣불리 뒤섞이지 않고 지금껏 지녀온 각자의 세계를 조심스럽게 지켜주면서, 서로를 돌보고 인사하는 일이다.

생각해 보면 낯선 두 사람이 만나기 전까지 십수 년 동안 각자의 세계를 만들었을 것이다. 습관에서부터, 종교적인 신념, 인생관, 어떤 삶이 좋은가에 대한 꿈, 가치관, 편견, 선입견 등이 갖춰진 자기의 '세계'를 갖고 있다. 이런 두 세계가 만날 때는 거의 몇십 년의 역사가 만나는 일이자 인생의 무한한 순간들로 만들어진 각자의 '자아'가 비로소 인사하는 일이다. 따라서 사랑하는 두 사람은 그 세계를 하나하나 확인하고, 매만지고, 이해하고, 지켜주며, 때로는 바꾸거나 새롭게 형성하며 사랑을 이뤄야 한다.

그렇기에 릴케가 볼 때 사랑만큼 "어려운 것"도 드물다. 사랑은 인생에서 가장 어려운 것 중 하나인 동시에 가장 중요한 것이기도 하다. 그런데 세상의 온갖 인습을 따라 하는 애정생활은 너무나 쉽기에 진정한 사랑이 아니다. 그런 '쉬운 애정생활'을 통해서는 진정한 사랑이나 진실한 삶으로 나아갈 수 없다. 릴케의 관점은 다소 고지식하게 보이지만, 사랑과 삶이 어우러지는 가장 깊은 층위에 대해 알려주는 듯 하다. 사랑을 어렵게 하는 사람, 그래서 서로를 존중하면서 스스로를 지키고 동시에 상대의 세계도 보호하는 사랑을 하는 사람에게는 더 새로운 삶이 열릴 것이다. 그런 사랑을 통해, 우리는 더 진실한 삶으로 한발 더 나아갈 수 있을지도 모른다.

현대 사회에서의
섹스에 관하여

"섹스는 언제나 사회적이다."
(에바 일루즈, 《사랑은 왜 불안한가》[25] 중에서)

사회학자 에바 일루즈는 현대 사회의 섹스란 무엇인지에 대해 논하면서 섹스의 세 가지 기능에 대해 강조한다. 첫째로, 섹스는 "자아를 발견하고 깨닫고 실현해가는 마당"이다. 섹스란 단순히 생물학적인 본능과 쾌락의 문제가 아니라 오히려 자아라는 지극히 정신적인 차원에서 핵심적인 위치에 있는 문제다. 인생에서 거의 최초로, 어쩌면 가장 독립적으로 하는 결정이 '누구와 언제 섹스할 것인가'다. 학교나 진로, 사는 동네나 친구 등 여러 문제에서 우리는 부모의 영향권 안에 움직인다. 그러나 섹스 상대를 부모가 결정해 주는 경우는 거의 없다. 오히려 우리가 누구와 섹스할지를 결정하는 순간, 그것은 부모에 대한 최초의 벗어남이자 비밀이기도 하고, 타인인 부모가 결코 개입할 수 없는 독립의 영역이다.

그 밖에도 많은 소설이나 영화에서 섹스는 사랑의 절정으로 다룬다. 그럴 때 섹스는 한 사람의 평생에 걸친 상처나 트라우마, 치유와 관련이 있다. 옷을 벗고 몸을 섞는 행위는 다른 사람과 공유하는 형식을 벗는다는 뜻이다. 달리말해 옷을 벗는 행위는 자기의 내면을 발가벗어 보여주고, 서로의 가장 깊은 내면을 끌어안는 상징으로 작용한다. 서로 가장 무방비한 상태로 내어놓음으로써, 자기 자신이 안전하다는 공간적 상징을 확보하고 스스로를 정의해 나가는 순간에 섹스가 있는 것이다. 그래서 섹스는 생물학적 행위에 더하여 사회학적 행위이기도 하다.

두 번째로, 섹스의 결정적인 기능은 "유례를 찾아볼 수 없을 정도로 강력하게 소비를 요구함으로써 소비문화를 촉진한다"는 점이다. 섹시해 보이고 싶은 사람, 즉 섹스어필하려는 사람은 끝없이 돈을 써야 한다. 섹스하기 위해서는 섹시하게 보여야 하며 그 과정에서 온갖 미용, 운동, 패션, 나아가 지적인 섹시함, 부의 과시, 호텔과 여행 등 천문학적인 소비가 일어난다. 최근 SNS는 더욱 이런 섹스어필에 치중하는 경향을 보인다. 자기 몸이나 능력을 과시하여 선택권을 많이 확보하고자 하는 경쟁이 영향 있는 시장을 형성하고 규모를 키운다.

가장 중요한 것은 세 번째 차원인데, 그것은 현대적 섹스의 "계약관계"다. 현대적인 만남에서 섹스는 완전히 자율적인 두 사람이 합의하고 자유롭게 맺는 계약관계다. 사회학자 엔서니 기든스가 "순수한 관계"라고도 지적하는 이 계약적이라는 특징은 자유로우면서도 동시에 불안하다는 점이다. 상대에게 모든 걸 내어 준다는 마음으로 섹스에 들어섰지만 다음 날 상대는 그 이상의 관계를 거절하고 끝낼 수 있다. 이 계약은 섹스하는 그 순간에만 맺어지기 때문에 사실상 섹스는 관계마다 새로 쓰는 계약서와 다름없다. 구속이 없고 자유로운 속성 때문에 섹스는 필연적으로 불안을 동반한다.

그래서 이 불안을 어떻게 해소할 것인가가 사실 모든 섹스하는 관계의 핵심이기도 하다. 에바 일루즈는 현대의 로맨스 작품을 언급하면서 이에 대한 현대 소설 혹은 영화의 가장 강렬한 해결책은 '낭만적 사랑'이라고 이야기한다. 많은 로맨스 작품이 '영원히 변치 않는, 절대적이고 낭만적 사랑'으로 섹스하는 관계의 불안을 해결하려 한다. 현대에 들어서면서 섹스는 보다 자율적인 영역에 들어섰지만 사람들은 그 자유를 통제하지 못해 불안을 느낀다. 그 불안을 다시 과거에 추구했던 영원불멸하고 낭만적인 사랑으로 해결하려 한다는 것이다.

실제로 에바 일루즈가 묘사한 사랑의 풍경은 우리 사회의 사랑과 크게 다르지 않다. 연애란 근본적으로 불안하다. 연애가 길어질수록 사랑하는 사람과 나눈 내 수많은 상처, 고민, 걱정, 꿈, 희망의 깊이는 깊어진다. 그러면서 나에 대해 알아가고, 또 생활이나 삶의 많은 부분에 대해 확신하고 선택한다. 어떤 사람은 사랑에 가장 많은 시간을 쓰며 추억을 쌓고, 그 추억이 관계를 지탱해 주는 힘이 될 거라 믿는다. 또한 그 누구에게도 허락하지 않을, 완전히 무방비 상태의 나체를 허락하며 거절당할지도 모르는 위험을 감수한다. 하지만 아무리 추억을 많이 쌓고, 자주 연락하고, 선물과 정성을 다하고, 자기의 모든 걸 내어 주더라도, 이 "순수한 계약관계"는 다음 날 끝나버릴 수 있다.

이런 불안감 때문에 결혼을 서두르는 경우도 있다. 그러나 이미 우리나라뿐만 아니라 전 세계적으로 결혼 제도는 그리 대단한 안전망이 아니다. 과거에 비해 이혼하는 사례가 점점 늘고 있으며 이혼의 가장 일반적인 사유가 모호하기 짝이 없는 '성격 차이'다. 이것만 봐도 결혼이 얼마나 연약한 계약인지 드러난다. 결국 에바 일루즈가 지적한 대로 현대 사회에서 섹스로 인한 불안, 혹은 사랑의 불안에서 유일한 해결책은 '절대적이고 낭만적인 사랑'인 셈이다. 결국 우리는 사랑에 기댈 수밖에 없다. 그냥 상대가 마치 신인 것처럼 나에 대한 절대적인 사랑을 변치 않고 지닐 것이라고 믿을 수밖에 없다. 설령 실제로는 다음 날 끝장나 버릴 수도 있는 얄팍한 계약관계라 할지라도 눈에 보이지도 않는, 추상적이고 절대적인 사랑을 믿을 수밖에 없다.

물론 다른 선택지도 있다. 그런 불안을 끌어안지 않고 불확실한 믿음에 자신을 맡기기 싫다면, 사랑도 섹스도 하지 않으면 된다. 실제로 지극히 현대화된 어느 사회, 가령 일본 사회에서만 하더라도 평생 사랑과 섹스를 하지 않는 사람들의 숫자가 기하급수적으로 늘어났다. 우리나라 또한 사랑 혹은 섹스의 위험을 감수하지 않으려는 사람이 꾸준히 증가하고 있다.

어쩌면 우리 시대의 사랑이란 그렇기에 그 어느 시대보다 종교적일 수도 있다. 우리는 사랑이라는 신을 믿을지 말지 선택해야 한다. 보이지 않는 신을 믿듯이 사랑을 믿고 그 성전에 들어서거나, 그런 건 믿을 수 없으므로 사랑이라는 성전 밖으로 떠난다. 섹스는 계약관계의 탈을 쓰고 있지만 결국에는 '믿거나 말거나'를 요구한다. 현대적 사랑이 특히 어려운 이유가 있다면, 바로 이처럼 사회적이고도 종교적인 특징 때문일 것이다. 우리는 그저 자율적인 이성을 따라 순수한 계약만을 맺을 수는 없다. 결국 상대를 믿고 계약해야 한다. 계약은 괴테의 《파우스트》에서처럼 악마와 하는 것이다. 신과 거래하고 계약을 하기 시작하면 진정한 믿음이라 볼 수 없다. 마찬가지로 사랑의 문제에서 믿음과 계약이란 끊임없이 충돌할 수밖에 없다. 그렇다면 우리는 사랑이라는 신을 믿으면서 동시에 사랑이라는 악마와 계약해야 하는 셈이다.

결국 복잡한 사회학적 고찰을 거치더라도, 그 결론이 믿음에 이른다는 점은 역설적이고 흥미로운 지점이다. 사랑하려는 자는 어쩔 수 없이 믿어야 한다. 믿음 바깥에 있는 건 그저 공허한 계약관계이기 때문이다. 오히려 모든 게 계약이 되고 불안이 된 이 시대에는 더 강렬한 믿음을 요구한다. 불안하고 믿을 게 없는 이 시대야말로, 사랑하는 자는 자신의 한계를 넘고 믿음에 의지할 수밖에 없는 셈이다.

사랑의 계약에
관하여

"우리는 언제 함께하고 언제 각자 행동할지를 협상하며
관계의 계약서를 암묵적으로 작성해 나간다. 보통 한 사람이 마음속
캐비닛에 보관해 둔 계약서는 파트너의 계약서와 다를 때가 많다."
(에스터 페렐, 〈우리가 사랑할 때 이야기하지 않는 것들〉[26] 중에서)

현대 사회의 사랑은 근간에 '계약관계'를 두고 있다. 에
스터 페렐은 그런 계약관계에 초점을 맞추면서 외도를 하
는 심리와 이유에 대해 파고 든다. 대개 외도의 출발점은
서로가 무엇을 외도로 '규정'하느냐와 관련되어 있다는 것
이다. 보통 외도를 한 사람들은 하나같이 그것은 진정한 의
미에서의 외도가 아니라고 주장한다. 마음을 주지 않았다
거나, 육체적 관계를 맺지 않았다거나, 배우자와의 약속을
어기지 않았다는 등 자신의 행위가 엄밀히 따지면 '진짜'
외도가 아니라는 변명을 먼저 한다. 마치 법정에서 계약 조

항을 위반하지 않았다는 피고처럼 말이다.

　거의 모든 사랑은 암묵적인 계약들을 통해 이루어지며 사랑의 관계마다 각기 다른 조항 및 특약들이 존재한다. 그렇기에 사랑의 문제에서 가장 분노를 불러일으키는 것은 계약 위반이며, 이러한 계약 위반이야말로 이별의 가장 큰 근거가 되곤 한다. 모든 사랑이 끝날 때 연인은 상대방에게 '계약 위반 사항'에 대해 읊는다. 연락 의무, 선물 의무, 다정함의 의무, 정조 의무 등을 위반했다는 점이 이별 원인으로 주로 발화된다. 대개 이별에서 주도권은 더 중요한 계약 조항 또는 의무 위반을 주장하는 측에 있게 된다.

　그에 비하면 사랑이 있고 없고, 감정이 어떻고 저떻고는 부차적인 문제처럼 보인다. 감정이야 늘 기복이 있기 마련이고, 사랑의 실체가 뚜렷하지 않다는 점에 대한 공감대는 점점 더 확산되는 것 같다. 사랑이 그토록 확실하다면, 연애 직전 단계인 '썸'처럼 가벼운 만남만 추구하는 현상이라든지 스펙의 중요성이라든지, 사랑과 인생 사이의 균형을 중시하는 경향이 그토록 유행하지 못했을 것이다. 오히려 사랑 타령은 각 계약 주체들의 계약 조항의 준수 의무보다 덜 중요한 것이 되었다. 사랑 싸움은 당신이 사랑하느냐 아니냐가 아니라 "사랑해도 소용없다, 사랑하면 의무를 준수

했어야지", "의무 없는 사랑은 없다." 같은 방향으로 기울고 있다.

그에 따라, 각각의 사랑에는 저마다 중요한 규칙들이 있다. 어떤 사랑의 관계에서는 매일 꾸준히 나누는 연락이 핵심적 계약 조항이다. 혹은 100일 단위의 기념일 챙기기, 생일에 명품 선물하기, 다른 이성과 술자리 금지 같은 조항들을 추가한다. 이에 대한 명확한 협의는 사랑에서 매우 중요한 부분이다. 한쪽이 다른 이성과 술자리하는 정도는 괜찮다고 멋대로 규정한 반면 다른 한쪽은 그에 대해 완강하게 금지한다는 특약을 두고 있다면, 그야말로 전쟁이 시작된다. 따라서 사랑하면서 어떤 계약 조항을 확고히 규정하느냐가 관계의 평화를 지키는 핵심이다.

사랑에서 믿음이 중요하다곤 하지만 그 믿음의 근간에는 먼저 '확고한 계약 조항'이 전제되어야 한다. 한쪽은 포르노 시청을 전혀 외도라고 생각하지 않아서 자유롭게 즐기지만 다른 한쪽이 볼 때 포르노 시청은 명백한 계약 위반일 수 있다. 그러므로 어디까지를 외도로 규정할 것인가에 대한 당사자 간의 합의야말로 믿음의 전제 조건이다. '당신이 결코 그런 일을 하지 않을 거라고 믿어'라는 건, 엄밀히 말해 사랑에 대한 믿음이라기보다는 계약 조항 준수 의무에 대한 믿음에 가깝다. 그리고 모든 계약관계가 그렇듯 이런 의무를 위반할 경우, 손해배상이나 위자료(선물)를 청구하고, 선처를 바라며(반성의 편지), 계약 파기 및 해제(이별과 이혼)를 직면하게 된다.

그래서 우리 시대에서 좋은 사랑의 관계란 서로 끊임없이 대화하며 계약 조항을 확인하고, 때로는 수정하면서 계약의 합의를 충실히 이행하는 관계다. 과거에는 이런 사항이 어느 정도 도덕과 윤리, 관습에 의해 보편적으로 정해졌지만 갈수록 사랑에 통용되는 규칙은 사라지고 있다. 나아가 결혼이 드물어지는 시대일수록 연애 관계의 계약적 성격이 결혼 못지않게 강해서, 서로를 구속하고 지켜야 할 항목들이 잘 구축되었다. 사랑이 감정이나 믿음처럼 추상적인 감정의 영역을 벗어나 확고한 계약으로 변하고 있다.

이런 시대의 사랑관이 개탄할 만하다거나 낭만이 없다고 생각할 필요는 없다. 어찌 보면 사랑에도 '합리성'이라는 측면, 그리고 '개인화'라는 경향이 깊이 들어온 셈이다. 다만 사랑에 때로는 계약관계를 넘어서는 지점이 있다는 것도 잊지 말아야 한다. 달리 말해, 당신이 '계약을 지킬 거라는 믿음' 뿐만 아니라 당신이 계약을 넘어서고 '나를 사랑할 거라는 믿음'이라는 차원이 있다는 것을 말이다. 사랑의 핵심이랄 게 있다면 연애에서의 계약 준수 의무보다는, 계약이라는 형식을 넘어 당신을 사랑한다는 믿음일 것이기 때문이다.

나아가 특히, 사랑의 가장 큰 특별함은 끊임없는 재계약과 새로운 계약관계의 창조에 있을 것이다. 인간은 살아가며 변해가고 서로에게 영향받아 성장한다. 그에 따라 사랑의 관계도 계속하여 새로운 계약관계를 만든다. 사랑의 창조성은 현대 사회에서도 다르지 않게 작동하며 우리를 더 나은 관계와 삶으로 이끌 수 있다.

자기애를
넘어서

"우리의 욕망이 사랑하는 대상을 중심으로 남다르게 굳건해질 수 있는 이유는 사랑의 대상이 더 이상 우리가 외롭지 않을 것임을 약속하기 때문이다. 그러나 성급히 행동하면 사랑하는 사람을 우리 자신의 구원을 위한 단순한 도구로 취급하는 자기애적 집착에 빠지게 된다."

(마리 루티, 《가치 있는 삶》[27] 중에서)

"누군가가 나를 좋아해 줬으면 좋겠어."라는 말은 사실, '내가 나를 더 좋아하고 싶어서'라는 마음을 숨기고 있는 듯 하다. 당신이 나를 좋아해 준다면 나는 나를 더 사랑할 수 있을 것 같다. 달리 말하면 나 혼자서만 나를 사랑하기엔 역부족이다. 인간은 자기 혼자서만 자기를 사랑하는 데 한계가 있다. 애초에 인간은 스스로 사랑하는 존재가 아니기 때문이다.

최초의 사랑은 항상 타인에게서 온다. 부모 혹은 애착 관계에 있는 그 누군가로부터 사랑을 받으며 한 인간으로 성장한다. 누군가 우리에게 먹을 것을 주고, 안아 주고, 생리적 욕구를 해결해 주며, 씻겨 주고, 울면 다가와 배변을 정리해 주면서, 우리는 사랑을 경험하고 한 명의 인간이 된다. 사랑은 원래 밖에서 오는 것이다.

나이가 들어가면서 "자기 자신을 사랑해야 한다."라는 말을 끊임없이 듣고, 나를 사랑하는 어떤 추상적인, 또 다른 나를 상정하게 된다. 달리 말하면, 부모의 자리에 '나'를 놓는 것이다. 부모의 사랑에 계속 기댈 수는 없으니, 나를 보살피고 보듬으며 사랑하는 존재의 자리에 부모를 빼고 슬쩍 나를 집어넣는다. 그렇게 자기애라는 걸 깨닫는다. 그러나 자기애는 본질적으로 취약하다.

왜냐하면 사랑이란 기본적으로 사랑하는 존재와 사랑을 받는 존재라는 '2자 관계'로 구성되어 있다. 그래서 내가 사랑을 받는다면 나를 사랑해 주는 존재가 또 있어야만 하는 게 사랑의 구조이기 때문이다. 그렇기에 아무리 내가 나를 사랑한다고 해도, 때론 그 구조가 폭로되는 순간을 완전히 막을 수는 없다. 그런 순간 우리는 간절히 외친다. "누가 나를 좀 사랑해 줬으면 좋겠어." 그리고 내 안의 나는 다시 속삭인다. '내가 나를 사랑한다는 이 구조가 폭로 당했어. 이 구조를 잠시 견딜 수 없게 됐어. 누가 좀 도와줘'.

그렇게 보면 사랑이란 때로 서로의 자기애를 충전시켜 주는 것 외에 다른 게 아닐 수도 있다. 즉, 자신의 외로움을 해소시켜 줄 '도구'로서 상대방을 필요로 할 뿐이다. 서로가 서로에게 필요하다고 하는 자존감 같은 것들을 충족하고 나면 각자 안정감 있는 시간을 누리며 자기 삶을 살아갈 수 있게 된다. 어떻게 보면, 그 지점에서 서로의 '필요'가 끝나는 경우도 적지 않다. 결국 나를 더 사랑하는 게 목표인 관계라면 서로는 서로에게 일종의 수단일 뿐이다. 각자의 자기애 충전이 끝난 관계는 더 만나야 할 이유가 없을지도 모른다.

그래서 만약 사랑의 다음 단계가 있다면 "누가 나를 사랑해 줬으면 좋겠어."가 아니라, "바로 당신이 계속 나를 사랑했으면 좋겠고, 나는 바로 당신을 계속 사랑하고 싶어."라는 말을 하는 시점이라고 생각한다. 이제는 당신이라는 사람과 이 고유한 삶을 함께 만들고, 당신이 빛나는 걸 돕고, 당신이 슬퍼하는 순간에 위로하고, 이 세상에서 내가 다하는 날 다른 누구도 아닌 바로 당신이 곁에 있으면 좋겠어, 라고 말하는 바로 그 지점에서 사랑의 다음 단계가 시작된다. 자기애가 아닌 다른 무엇이라고 불러야 할, 사랑의 무대가 펼쳐진다.

사랑이란 자신을 넘어서는 어떤 지점에서 만나는 경험이다. 사랑 이전에 우리의 관심이 자기 욕구나 필요에 맞추어져 있었다면, 사랑 이후 우리는 그와는 '다른 무엇'을 경험한다. 그것은 단순히 내가 아닌 당신에 대한 관심, 당신에 대한 헌신일 수도 있다. 그러나 사랑은 그것보다도 더큰 무엇일 수 있다. 그것은 '함께함의 경험'이라고밖에 표현할 수 없는, 자기애보다 확실히 넓은 어떤 공동의 우주에 대한 경험이다. 그래서 사랑하는 사람은 혼자일 때와는 다른 삶의 법칙, 너와 나라는 세계의 원리 그 비슷한 것을 배우게 된다.

〈블루 발렌타인〉
사랑, 그 유한한 감정을
믿는 것

불꽃같은 사랑이 휩쓸어 간 혼적

의대생 신디와 학교에 다니지 않고 이사 업체 아르바이트를 하던 딘은 서로 사랑한다. 여느 사랑 이야기와 다르지 않게 그들은 우연히, 또 운명적으로 만났고 오직 둘만이 가능한 시간을 만들었다. 하지만 그들에게도 위기는 찾아온다. 그 위기는 여느 사랑 이야기와 사뭇 다르다. 신디는 자신의 임신 사실을 알게 되었는데 딘의 아이가 아니었다. 딘과 만나기 얼마 전에 헤어졌던 남자와의 관계에서 생긴 아이였다. 그 사실을 알았을 때는 이미 아이가 생겨난 지 넉

달째였다. 중절 수술을 결심하고 신디는 병원으로 가지만 수술에 들어가는 순간, 그만해 달라고 외친다. 딘은 우는 그녀를 끌어안고 말한다. "괜찮아, 우리 가족이 되자." 그렇게 그들은 가족이 된다.

딘은 다른 남자의 아이지만 사랑하는 여자의 아이를 자신의 딸로 받아들인다. 이 모든 일은 그들이 만난 지 겨우 몇 개월 안에 결정되고 이루어진다. 사랑을 찾던 청년 딘은 그렇게 자기에게 과분하다고 생각했던 여자를 사랑하고, 그녀와 함께 살게 된다. 현실적으로 따져 봤을 때 두 사람의 모든 조건은 어울리지 않는다. 신디는 부모와 함께 살며 의대 유학을 목표로 공부하고 있는 대학생이지만 딘은 일용직 아르바이트를 하며 외지에서 홀로 사는 청년이다. 신디가 다른 남자의 아이를 임신한 상태로 결혼을 하는 것 역시 일반적이지 않다. 하지만 그들은 '낭만적인 감정'으로, 서로를 둘러싼 사랑의 힘으로 현실을 극복하고 함께 살게 된다. 오히려 그 현실적 불균형이라는 장애가 그들의 사랑을 더 낭만적이고 운명적으로 만들었을지도 모른다.

감정과 낭만의 힘, 사랑을 믿고 현실을 극복하는 힘은 한

동안 그들을 지탱했다. 하지만 점차 설렘과 황홀함 같이 강렬한 감정들이 조금씩 옅어지며 떠난 자리에는 적나라한 현실이 다가왔다. 고등학교조차 졸업하지 않은 딘은 비록 잔재주는 많았을지언정 현실적으로는 무능한 일용직 노동자였고, 어엿한 직업인이 되겠다는 미래에 대한 목표도, 의지도 없었다. 의사가 되리라는 꿈을 결혼과 출산으로 포기한 신디는 그저 개인병원에서 일하는 말단 간호사에 불과했다. 그들이 이루고 있는 '셋'도 온전하다고 보기는 힘들었다. 비록 사랑하고는 있어도 딘은 그 딸이 자신의 친딸이 아니라는 것을 종종 생각하지 않을 수 없었을 것이다. 그는 신디에게 "우리의 아이"를 가지자고 하지만 거절당한다.

딘은 일일 노동을 하며 돈을 벌고, 나머지 시간에는 다정하고 좋은 아빠로 함께 시간을 보낸다. 가정의 실질적인 벌이를 책임지는 건 신디다. 이 관계의 사랑으로부터 더 먼저 분명하게 멀어진 사람은 신디였다. 신디는 현실에 직격탄을 맞았고, 자신의 청춘의 꿈을 포기했다. 아이의 아버지를 얻었지만 동시에 그를 부양하는 입장이 되었다. 낭만적이고 운명적이었던 시절, 그녀가 믿었던 것은 무엇이었을까? 그녀는 사랑이 자신들을 어디로 인도하리라 믿었을까? 그녀가 무엇을 꿈꾸었든 지금의 현실은 아니었을 것이다.

결국 그녀는 딘에게 말한다. "아무것도 남지 않았다."라고. 딘은 여전히 그녀를 사랑한다며 호소하지만, 그녀는 더는 아무것도 남지 않은 관계를 유지할 수 없었다. 가진 게 없던 딘은 신디와의 결혼으로 가족만은 확실히 얻었다고 믿었지만 그는 결국 아무것도 얻지 못했다. 사랑만 가지고 얻을 수 있는 건 없었다. 낭만이 주었던 그 연약한, 허깨비 같은, 하룻밤의 불꽃 축제 같던 삶은 그의 등 뒤로 사라졌다. 딘이 홀로 불꽃놀이 속으로 떠나며 영화는 끝이 난다.

잊혀진 사랑, 사라진 진리

"사랑을 찾으려면 감정을 믿을 수밖에 없지. 너는 좋은 아이야. 그러니 너의 감정을 믿어도 된단다."

신디는 부모처럼 되고 싶지 않았다. 어머니와 아버지는 서로를 사랑하지 않았다. 아마 처음에는 사랑했겠지만, 언제부터인가 그렇지 않았다. 사랑하지 않는 부모의 자식들은 하나같이 생각한다. '나는 절대로 엄마와 아빠처럼 되지 않을 거야.' 그렇게 성장해 진정한 사랑을 찾아 떠난다. 그러다 묻는다. "그런데 진정한 사랑은 어떻게 찾을 수 있죠? 감정은 어차피 사라지잖아요." 그에 대해 그녀의 할머니가 한 대답은, 그래도 감정을 믿을 수밖에 없다는 것이다.

쌀쌀한 바람이 불어오고 해가 저무는 어느 순간에 마주한 두 사람은 서로 사랑한다고 느낀다. 낯설기만 한 서로를 마치 오래전부터 잘 아는 것 같은 기분에 사로잡히고, 그 마음을 영원히 간직하며 믿을 수 있을 것만 같다. 영원하리라 믿었던 사랑은 그녀의 믿음을 배신하고 흩어져 버렸다. 영화 〈블루 발렌타인〉은 사랑의 시작과 절정, 끝에 관해 지극히 현실적으로 보여준다. 서로의 감정이 폭발적으로 터져 나오며 설레고, 흥분되고, 운명적인 기분이 정점을 이루다가, 그 순간 결정한 삶이 다시 그러한 감정들을 잃고, 무미건조한 일상과 현실로만 남는지가 절절하게 드러난다.

사랑을 찾으려면 감정을 믿을 수밖에 없다. 하지만 감정만 가지고는 살 수 없다. 나와 내 감정을 믿고 한 선택은 간혹 삶을 배반한다. 삶은 그리 간단하거나 손쉽지 않다. 삶을 온전히 믿고 맡길 수 있는 단 하나의 진리 같은 것은 어디에도 없다. 하지만 어떤 날의 사랑은 자신이야말로 진리라고 우리의 귀에 대고 속삭인다. 그렇게 한 시절의 사랑을 믿고 나아가던 어느 날, 홀연히 사라진 사랑의 자취를 마주하게 되었을 때 알게 된다. 삶이란, 그리고 사랑이란 그보다 훨씬 더 복잡하고 어렵다는 사실을 말이다. 잔인하게도 우리가 느끼던 확신은 언제나 거짓이 될 수 있다.

5장

그 어떤
순간에도,
사랑

선택 대신
헌신하기

"지나치게 극단적으로 새로움만 추구하는 사람은
삶의 모든 것이 재미있거나, 반대로 지루하다고 느낀다.
그 사람을 사랑하는 것이 아니라, 사랑에 빠지는 기분을 사랑한다."
(피트 데이비스, 《전념》[28] 중에서)

우리는 새로운 것들이 무수히 쏟아지는 시대에 살고 있다. 거의 매일 새로운 드라마나 영화가 나타나고 새로운 셀럽들이 등장하며, 새로운 상품이나 콘텐츠에 대한 뉴스가 범람한다. 그래서 당장 반년 전에 내가 관심을 가졌던 것이 무엇인지조차 기억하기 쉽지 않다. 매일 새로운 정보가 너무 많이 쏟아지다 보니 나 자신이 무엇을 꾸준히 좋아해 왔고, 무엇에 꾸준히 관심 가져 온 사람인지조차 알기 어려울 때가 있다.

장소는 매번 새로운 핫 플레이스를 찾아가기 바쁘고 동

네에서 오랫동안 관계를 맺었던 나만의 가게는 점점 사라지고 있다. 유튜브 채널도 끊임없이 새로 생겨나고 인플루언서나 셀럽도 매번 탄생하다 보니 과거처럼 한 인물이나 콘텐츠와 '오랜' 관계를 맺는 일도 드물어졌다. 팬덤은 마치 열대 지방의 유동하는 스콜처럼 이 채널 저 채널, 이 셀럽 저 셀럽을 옮겨 다닌다. 누군가 또는 무언가가 '뜬다는 것'은 곧 '저물 것'이라는 뜻이다.

관계 또한 끊임없이 새로워지면서 금방 달라지는 홍수 속에 있다. 최근 들어 사람들은 잦아진 퇴사, 손쉬운 인간관계 손절, SNS나 인터넷을 통해 새로운 사람을 금방 만날 수 있는 모임 같은 것들에 익숙해졌다. 연인 관계도 100일이 넘으면 오래 되었다고 느끼며 기념일 파티를 한다.

피트 데이비스는 이런 시대를 가리켜 "선택지 열어두기" 시대라고 말한다. 이처럼 무수한 것들이 새롭게 쏟아지는 시대에 어느 하나에 구태의연하게 또는 지리멸렬하게 헌신하거나 전념하기보다는, 계속하여 선택지를 열어두며 산다는 것이다. 그러다가 새롭고 흥미로운 것이 보이면 곧장 '선택지'를 갈아탈 수 있도록 얕게 관심을 가진다. 콘텐츠, 장소, 직업, 직장, 인간관계 등 모든 것들이 그런 무한한 선택 앞에 서 있다는 것이다.

이런 시대에는 당연히 사랑을 선택하기 쉽지 않다. 사랑을 선택하더라도 금방 더 나은 선택지가 있을 것 같은 불안감을 느낀다. 마치 넷플릭스에서 영화 한 편을 틀었는데 10분이 채 지나기도 전에 더 재밌는 다른 영화가 있을 것 같아서 남은 1시간 30분을 견디지 못하는 불안과 비슷하다. 드라마는 처음 한두 편은 흥미롭지만 금방 다른 새로운 드라마가 눈에 들어와 끝까지 정주행하기가 쉽지 않다. 사랑도 다르지 않다.

사랑에 빠지는 기분은 즐겁다. 새로운 사람은 호기심을 불러 일으키고, 만나는 것만으로도 도파민이 자극받는다. 만난지 얼마 안 된 사람은 그 존재 자체로 신선하고 싱싱하다. 그의 습관이나 취향, 얼굴의 점 하나까지도 매일 새로이 알아갈 수 있다. 마치 새로 산 휴대폰에서 추가된 새로운 기능들을 탐색할 때의 재미와 같다. 휴대폰이 집에 도착하면 포장을 뜯을 때부터 느껴지는 설렘은 대략 휴대폰을 열어 새로운 기능들을 다 탐색하기까지 약 일주일 정도면 사라진다. 사랑은 그보다는 길겠지만 본질은 크게 다르지 않다.

그렇기에 이런 시대에는 사랑도 무사하기가 쉽지 않다. 과거에는 퇴근 후 볼 게 공중파 드라마밖에 없었기 때문에, 공중파 채널에 대한 충성도가 높았다. 마치 가까운 주변에 사람을 만날 수밖에 없어서 너무 복잡한 고민 없이 배우자를 선택할 수 있었던 것과 비슷하다. 그러나 지금은 오늘 저녁 선택할 수 있는 콘텐츠의 종류는 사실상 무한하다. 마찬가지로 선택할 수 있는 연인도 거의 무한하게 탐색할 수 있다. 각종 SNS, 동호회, 모임, 소개팅, 앱 등에서 말이다. 이럴 때, 우리는 어떤 사랑을 해야 할까?

피트 데이비스는 우리 시대에 사랑을 비롯한 모든 영역에서 전념, 다른 말로 '헌신'이 필요하다고 말한다. 여러 선택지 열어두기를 그만두고, 선택 자체에 집중해야 한다. 한 가지를 선택했다면 그 선택에 몰입해 헌신하는 것만이 이 시대를 건널 수 있는 최선의 삶의 태도라고 이야기한다. 무엇이든 선택하면 그때부터는 깊이라는 걸 알게 된다. 선택지 열어두는 자유가 행복이 아니라 내 선택의 깊이를 알아가는 것이 진짜 행복이라는 걸 알게 된다.

선택 이후에는 그 선택에서만 맛볼 수 있는 디테일들의 향연이 시작된다. 단 한 명의 아내와 아이일지라도 그 관계 속에 매일 다채로운 경험들이 주어지고, 끊임없이 변주하는 나날들의 디테일을 알게 된다. 예를 들어 너무도 좋아하는 고전 소설을 열 번 정도 읽게 되면, 단어 하나하나에 담긴 뉘앙스와 주변 인물과 대사의 다양한 의미에 대해 더 풍요롭게 알게 되는 것과 같다. 그쯤 이르면, 우리는 인생의 모든 순간에 그 소설을 인용할 수 있게 된다. 마찬가지로 사랑의 관계 또한 하나에 헌신하기 시작하면, 그로부터 무한한 추억과 기억, 그리고 오늘과 내일의 깊이를 만나기 시작한다. 그렇게 우리는 '선택지 열어두기' 시대를 역행하고 '고유한 삶'을 살기 시작한다.

하나의 사랑을 택한다는 것은 동시에 모든 것에 열려 있는 이 사회랑 싸운다는 뜻도 된다. 그리하여 하나의 사랑에 무한히 열려 있는 마음은 우리를 끊임없이 유혹해 소비하게 만들고자 하는 이 사회를 등지고 굳건히 닫히려는 마음이기도 하다. 마치 어린 시절 해변에서 나만의 구멍을 끊임없이 파고 들어 작은 조개 껍데기들을 찾아내던 그 시절의 마음처럼, 우리가 사랑하는 사람에게 헌신하며 그 속에서 무한한 기쁨을 찾아낼 수도 있다. 어쩌면 그 기쁨이야말로 우리가 살아가면서 반드시 알아야만 하는 종류의 기쁨일 수도 있다.

사랑하는 방식으로
관계 맺기

> "사랑이란 그 사랑에 관여한 사람들의 온전함과 현실을
> 둘 다 보존하는 유일한 형태의 관계이기 때문이다. (…)
> 진정한 사랑에서는 타인과의 연관성과 자신의 온전함이 보존된다."
> (에리히 프롬, 《나는 왜 무기력을 되풀이하는가》[29] 중에서)

에리히 프롬에 따르면 타인과의 관계 맺기에는 두 가지 속성이 모두 포함되어야 한다. 하나는 타인과의 연관성이며 다른 하나는 자신의 온전함이다. 이 두 가지가 모두 만족될 때 프롬은 그것이 온전한 '사랑의 관계'라고 본다. 달리 말해, 둘 중 하나라도 없으면 사랑이라 부르더라도 온전한 사랑이라 볼 수 없다. 대표적인 것이 '자기 자신'만이 있는 사랑이다. 이런 사랑을 나르시시즘적(자기애적) 사랑이라 부를 수 있을 텐데, 이런 사랑에 있는 것은 오직 자기 자신에게로 수렴되는 관계성뿐이다. 상대를 사랑한다고 하

지만 실제로는 자기를 위한 트로피로 상대방이 필요할 뿐일 수도 있다. 아니면 상대를 오로지 나의 것으로 소유하고 지배하려는 목적으로 관계를 맺으며, 상대에 대한 공감능력은 전혀 발휘하지 않는 경우도 있다. 이는 타인과 온전한 연관성을 유지하는 일도 아닐뿐더러, 자기 자신이 온전히 존재할 수 있는 방식도 아니다.

왜냐하면 인간은 자기 자신을 넘어서서 타인에게 자신을 내어주고, 그렇게 자발성과 창조성으로 타인과 관계 맺을 때 진정으로 '살아 있는' 존재가 되기 때문이다. 영원히 자기 안에 갇힌 채로 자기 이익만을 좇는 인간은 제대로 존재하는 인간이 아니다. 오히려 자기 이익이나 소유에 대한 집착을 버리고 넘어서야 인간은 자기의 창조적인 본성에 따라 살아갈 수 있다. 그리고 사랑의 관계라는 것도 바로 그런 창조적 본성을 실현시키는 관계여야 한다.

그렇다고 해서 타인과의 관계성이 너무 강해진 나머지 자기 자신의 온전함과 독립성을 잃어서도 안 된다. 사랑의 감정에 취한 채 내 주체성을 상실해 버리는 순간, 그 역시 자기의 온전한 '자발성'으로 상대와 관계를 맺는 게 아니기 때문이다. 오히려 열정에 휩싸여서 수동적으로 감정에 이끌려가며 아슬아슬하게 연결된 관계에 불과하다. 스스로 더 나은 삶을 위하여 온전한 존재가 되려 노력하고 성장하는 미래를 위하여 관계를 맺는 것이 아니라, 마치 마약 중독자처럼 사랑의 열정과 불길에 휩싸인 채 끌려가는 것이다. 자신이 행복한지 아닌지에 대한 판단 없이 끌려가는 관계는 바람직하지 않다. 그 또한 프롬이 생각하는 진정한 사랑이 아니다.

진정하고도 온전한 사랑이 있다면 자기의 독립성을 지키면서도 타인의 인격을 존중해 맺는 관계이다. 서로의 독립적인 존재성을 유지하고 각자의 자발성으로 서로에게 자기 자신을 내어 주면서, 역동적으로 관계를 맺어야 한다. 서로에게 각자의 세계를 선물하고 서로를 위한 일들을 상상하면서 동시에 자기 자신을 위한 사랑을 해야 한다.

언뜻 보면 이런 사랑의 방식은 참으로 쉽지 않고 너무 교과서적으로 보이기도 한다. 그러나 모든 일에는 이상이 필요하다. 우리가 이상적으로 살 수는 없더라도, 그 이상에 계속 자극받을 필요는 있다. 프롬이 주장하는 '이상적인 사랑' 또한 우리의 사랑을 자극하는 도움을 줄 수 있다. 결국 이상적인 사랑을 하는 것을 목표로 삼는 것이 아니라, 그런 이상적인 사랑과 관계를 향해 계속 접근해 가는 과정이면 족할 것이다.

차이가
터져 나오는 사랑

"오늘날에는 모든 사람들이 각자 자신의 이익만을 좇는다는
확신이 매우 널리 퍼져 있는 것도 사실입니다.
그러나 사랑은 이에 대한 하나의 반증일 것입니다."

(알랭 바디우, 《사랑예찬》 중에서)

사랑은 이 세상에 '차이'가 존재한다는 하나의 증거다.
모든 것이 자기 이익 중심으로 돌아가는 사회에서 사랑 만
큼은 때론 그렇지 않을 가능성을 품고 있기 때문이다. 사회
에서는 인간관계에서 서로 주고받을 수 있는 이익을 계산
하고, 인생 전체를 '자기 이익' 관점에서 설계하는 것이 당
연한 일이 되었다. 근래에는 초등학생 때부터 봉사활동이
나 대외활동 등을 통해 스펙을 쌓고, 대학생들도 어떤 동아
리에 들어가고, 방학 때 무엇을 할지가 모두 스펙이 되는
시대가 되었다. 그러다 보니 인생 전체를 자기 이익 관점에

서 설계하고 이익 위주로 관계를 맺으며, 경력을 만들어나가는 게 당연한 일이 되었다.

그렇게 세상이 오로지 '자기 이익'으로 통일된 관점을 만들었지만 사랑은 그 통일된 세계에 균열과 틈을 내서 차이를 드러낸다. 어떤 관계는 적어도 자기 이익이 최우선이지 않을 수 있다는 것을 알게 한다. 인생에서 찾아온 '사건' 같은 사랑은 하나로 만들어진 세계와 인생에 균열을 낸다. 그렇기에 알랭 바디우는 《사랑예찬》에서 위와 같이 이야기한다. "사랑은 자기 이익이 중심이 된 사회에서 하나의 반증"이라고 말이다. 그렇기에 사랑은 동일성을 넘어서는 모험이고, 획일성에 균열을 내는 차이인 것이다.

그렇기에 사랑은 중요하다. 어떻게 사는 것이 진정한 삶이냐고 물었을 때, 대답은 끊임없는 생성과 창조성으로 삶의 지평을 넓히고 자기 자신을 새로이 만들어 나가는 것이다. 고착되고 획일화되며 더이상 변화가 없는 삶은 '죽은 삶'일지도 모른다. 에리히 프롬은 삶과 죽음을 구분하는데, 계속되는 생성이 있는 존재야말로 진짜 살아 있으며 소유에 고착되는 삶은 죽음과 다름없다고 보았다. 만약 오늘 또 새로운 것에 감격하고, 열정적으로 삶을 바꾸고, 삶을 창조하면서 자아를 새로이 가꾸는 것이 '진짜 삶'이라는 데 동의한다면, 사랑은 그런 삶의 핵심에 자리 잡는다.

여기에서 사랑은 반드시 이성 간의 사랑만을 의미하는 건 아닐 것이다. 어느 날 길에서 만난 아기 고양이를 사랑하기로 마음먹을 때, 고양이를 데려와 베푸는 사랑은 갑작스러운 인생의 '균열'이 된다. 나에게 별다른 경제적 이익이 되지도 않고, 오히려 마음대로 여행을 떠나기가 어려워지는 등 삶은 불편해지기만 한다. 한 번도 고양이와의 삶을 상상해 본 적 없던 인생관 자체가 뒤흔들리기 시작한다. 그러면서 우리는 '새로운 삶'을 향한 모험을 시작하며 나의 가치관에 균열을 내고, 그 틈에서 나의 삶 자체가 생성되며 솟아오르는 '차이'를 만든다.

마치 운동으로 근육이 파열되고 다시 생성되며 커지듯 우리 삶이 넓어진다. 이전에는 몰랐던 삶에 들어서며 우리는 삶이 새로워졌다고 느낀다. 사랑은 그렇게 생성과 차이를 삶 속에 끌고 들어온다. 그것이 연인이나 아이에 대한 사랑이든 취미나 장소에 대한 사랑이든, 그 사랑이 진정한 것이라면 우리는 이전과 다른 삶을 살게 된다. 그렇게 죽은 삶이 아닌, 진정으로 살아있는 삶으로 한 단계 진입한다. 과즙이 터져나오듯이 차이가 터져나오면서, 우리의 삶을 창조의 길로 이끄는 시작과 중심에 '사랑'이 있다.

사랑과 평화의
밸런스

　사랑하는 사람과 보내는 시간의 충족감 때문에 불안할
수도 있을까? 어쩌면 그럴 수도 있다. 삶의 나머지 시간이
란 그렇게까지 들뜬 쾌락이나 행복으로 채워져 있지 않다.
그런데 사랑하는 사람과 함께 있는 시간의 행복만이 너무
나 크다면, 오히려 그 행복이 두려울 수도 있다. 앙드레 지
드가 쓴 《좁은 문》의 알리사는 연인 사이인 제롬과의 시간
을 두려워한다.

　그들은 일종의 '롱디(장거리 연애)'로 많은 시간을 보낸다.
서로에게 끊임없이 편지를 하긴 하지만 대부분의 시간은

기다리고 견디는 시간이다. 알리사는 그 시간의 외로움을 비교적 잘 견뎌낸다. 무엇보다 신앙의 힘이 있으므로 항상 기도하고 성경을 읽으며 마음의 평온 상태라는 걸 유지해 낸다. 그러나 제롬이 방문한 이후면 온통 견딜 수 없는 슬픔이 몰려와 도저히 견딜 수 없는 상태가 되기도 한다.

"제롬, 충족시켜주어서는 안 되는 거야. (…) 지난가을 우리는 그러한 충족감 뒤에 어떠한 슬픔이 깃들어 있었는지 깨닫지 않았니?"

그녀는 그 지점에서 생각한다. 두 사람이 만나 얻는 행복보다 더 나은 평온이라는 게 있다고 말이다. 그리고 그녀는 그것이야말로 한 차원 더 높은 종교적인 행복이나 평화라고 믿기도 한다. 현실에서 사랑하는 사람과 나누는 행복에서 오는 불안, 그 이후의 슬픔과 괴로움, 평화롭게 유지할 수 없는 마음의 상태라는 걸 거부하는 것이다. 어쩌면 회피하는 것일지도 모른다.

꼭 같은 경험은 아닐지라도, 사랑을 하는 많은 사람들은 비슷한 딜레마를 겪을지도 모른다. 최근에는 '워라밸', 즉 '워크 앤 라이프 밸런스'라는 말이 유행하기도 했다. 이 유행어는 요즘 사람들이 과거와는 달리 일과 삶을 분리하고, 두 요소의 균형을 추구한다는 의미를 내포하고 있다. 여기서 한 발 더 나아가 사람들은 일과 삶의 균형뿐만 아니라 사랑과 삶 사이의 균형을 잡으려 한다고 생각한다. 사랑이 주는 달콤함, 충족감, 쾌감이 분명히 있지만 그보다는 일관되게 이어가는 자기만의 삶, 자기만의 평화, 자기만의 삶의 리듬이 더 중요하다고 생각하는 요즘 세대의 세계관이 담긴 말일 것이다.

그렇게 보면 '러피밸', 즉 '러브 앤 피스 밸런스' 같은 말도 틀린 말은 아닐 것이다. 사랑이 아무리 중요하더라도, 그 사랑 때문에 오히려 더 고통스럽고 마음의 평화가 훼손된다면 우리는 그 사랑을 거부할 권리도 있다. 아무리 사랑이 큰 기쁨을 주더라도 그 이후의 공허감이 더 크다면, 사랑을 하지 않을 자유 또는 선택을 존중할 법하다. 알리사의 경우, 이 마음의 평화와 사랑의 쾌락 사이에서 갈등하다가 결국 죽음에 이른다. 그저 종교적 평화만을 추구했다면, 그녀는 수녀가 되든 신실한 종교인이 되든 나름대로 한 평생 의미있는 삶을 잘 살았을지도 모른다.

사랑이 주는 강렬한 행복 또한 언젠가는 '평온한 행복'으로 바뀌는 그런 시점이 오기도 한다. 처음 만난 두 연인은 불같이 사랑에 빠져들지만, 시간이 흐를수록 안정된 관계와 기분을 원하기도 할 것이다. 이를 '권태기'라고 받아들여 새로운 사랑을 찾아 떠날 수도 있겠지만 사랑이 진정되어 삶이 되는 과정이라 받아들일 수도 있다. 그렇기에 사랑과 평화의 밸런스, 혹은 사랑과 마음의 안정 사이의 관계에 대한 고민 또한 필요한 일일 것이다.

다만 알리사처럼 사랑의 환희 자체를 너무 두려워한다면, 우리 삶에서 가장 귀중한 경험을 놓쳐버릴 수도 있다. 인생의 수많은 일에는 용기가 필요한데 사랑 또한 가장 용기가 필요한 일 중 하나일 것이다. 독실한 기독교인이었던 알리사가 다음과 같은 성경의 구절을 기억했으면 어땠을까 싶기도 하다.

"사랑 안에 두려움이 없고, 온전한 사랑이 두려움을 내쫓나니, 두려움에는 형벌이 있음이라. 두려워하는 자는 사랑 안에서 온전히 이루지 못하였느니라."(요한1서 4:18,19)

사랑이란
온전해지는 일

> "사랑이란 먼 옛날 인간이 본연의 모습으로 돌아가고자
> 하는 것입니다. (…) 온전한 것이 되고자 하는 욕망과 욕구가
> 에로스라고 할 수 있습니다."
>
> (플라톤,《소크라테스의 변명 · 크리톤 · 파이돈 · 향연》31 중에서)

플라톤의 《향연》에서 아리스토파네스는 사랑에 대해 이야기한다. 그의 이야기에 따르면 우리는 사랑, 즉 에로스를 따라야 한다. 그 이유는 그것이 인간을 원래 '온전한 상태'로 되돌려주기 때문이라고 말한다. 아리스토파네스가 말하는 신화에 따르면, 인간은 원래 남성과 여성, 여성과 여성, 남성과 남성 등 두 사람이 하나로 붙어있었다고 한다. 그런데 인간이라는 존재가 점점 더 강력하고 오만해지자 제우스가 번개를 내려 인간을 양쪽으로 갈라놓았다. 그래서 남성과 여성이 한 몸이었던 개체는 각각 여자와 남자를 찾아

헤매게 되었고, 여성과 여성, 남성과 남성이 한 몸을 이루던 개체는 같은 성을 찾아 헤매게 되었다고 한다.

그야말로 신화에 불과한 이야기지만, 이러한 '에로스 신화'는 그 이후로 수많은 철학자나 문인들이 인용할 정도로 사랑의 핵심을 담았다는 평을 받는다. 우리는 반쪽짜리 인간에 불과하며, 나머지 반쪽을 찾아 온전해지고자 사랑을 갈망한다. 또한 사랑하는 사람을 만났을 때에야 비로소 온전한 인간이 되어 강해질 수 있다. 단순히 성욕을 채우기 위해서라거나, 즐겁고 행복하기 위해 사랑을 찾는 게 아닌 것이다. 보다 현명해지고, 보다 풍성한 감각을 지니고, 보다 온전하고 강했던 '원래의 모습'을 되찾고자 인간은 사랑을 한다.

그런 신화가 진짜냐 아니냐와는 무관하게, 사랑이 우리에게 보다 온전한 힘을 주는 경우가 있는 건 사실인 듯하다. 어떤 종류의 사랑, 말하자면 '좋은 사랑'은 우리에게 명확한 기준을 만들어주고 에너지를 정확한 곳에 쓸 수 있도록 도와준다. 혼자서 망망대해를 헤매듯이 살아가다 보면 삶의 무수한 유혹들에 시달리며 에너지가 분산되곤 한다. 하루하루를 살아가면서도 어떤 삶을 지향해야 좋을지, 무엇에 가치를 두어야 좋을지 몰라 헤매면서 시간을 허비하기도 한다. 무언가 마음을 단단히 먹고 집중하려고 해도, 오직 혼자만의 힘으로 스스로를 응원하고 지지한다는 것이 쉽지 않다.

그럴 때 서로를 진심으로 사랑하며 응원하는 존재를 만나는 것은 큰 힘이 되곤 한다. 그저 사랑하는 사람 한 명이 생겼을 뿐인데, 인생의 목표라는 게 명확해지기도 한다. 그 또는 그녀와 함께 살아갈 더 나은 미래, 혹은 더 행복한 삶에 대한 목표가 명확해지고, 그를 향한 마음이 뚜렷해진다. 오로지 혼자서 스스로를 다독이며 나아가야 했던 삶에 진심 어린 응원을 건네는 사람이 나타나는 순간, 마음의 힘은 배가 된다. 함께 고민하며, 함께 나아가고, 서로의 삶에 들어선 존재가 생긴다는 것은 그렇게 삶을 더 안정적인 힘으로 이겨낼 가능성이 생긴다는 뜻이기도 하다.

사랑이라는 것은 어떠한 관점에서 보느냐에 따라 천 개의 얼굴을 가지고 있다. 누군가는 혼자서도 온전하지만, 단지 삶의 더 다양한 즐거움을 위해 사랑이 필요하다고 할 것이다. 또 누군가는 혼자만 살아가는 삶은 외로우니까 그런 외로움을 달래줄 누군가를 필요로 하며 사랑을 꿈꿀 것이다. 그런데 아리스토파네스의 '에로스' 개념은 그보다 더 깊은 존재의 '결핍'을 향한다. 그에 따르면 우리는 홀로 이 삶을 온전히 살아갈 수 있도록 만들어지지 않았다. 애초에 우리는 둘이었으므로 둘이서 하나의 삶을 만들어 가야만 하는 운명이다. 짝을 찾는다는 것은 삶을 더 온전히 살아내는 방법이다.

물론 신화에 따르더라도 우리는 이상한 짝을 만날 수도 있다. 애초에 나와 하나의 몸이었던 짝이 아니라, 다른 짝을 '원래의 짝'이라고 착각할 수도 있다. 오히려 운명이 있다면, 우리는 끊임없이 나의 '원래 짝'을 찾아 다녀야만 하는 것일지도 모른다. 그러나 이를 다르게 해석한다면, 우리는 끊임없이 온전해지고자 애써야 한다고도 볼 수 있다. 그리고 온전해지는 존재가 되는 길이란 바로 사랑을 하는 것이다. 사랑하는 사람과 더 나은 존재가 되기 위해 끊임없이 대화하고, 서로에게 마음과 힘과 지혜를 주고자 애쓰며, 또 기꺼이 그런 것들을 받으면서, 그렇게 온전한 인간이 되어 간다.

오직 사랑하는 이들만이
살아남는다

"사람은 사랑할 사람 없이는 살 수 없다."
(에밀 아자르, 《자기 앞의 생》[32] 중에서)

인생에는 끊임없이 바보 같은 일들이 일어난다. 바보 같은 일은 작아 보이지만, 운 나쁘게 그 일이 연달아 일어나면 좌절감에 휩싸여 비관적인 마음이 든다. 그럴 때 결국 사람을 살게 하는 건 작은 사랑이다. 때로는 나의 일상에 침범해 버린 어떤 존재들이 커다란 스트레스를 준다. 때로는 인생이 너무 허무하게 느껴지는 나머지 그만 살고 싶다. 때로는 너무 멍청한 실수를 한 자신이 밉고, 나의 호의를 거절한 누군가 때문에 너무도 속이 상한다. 그 모든 게 인생을 살기 싫게 만들지만 어느 작은 사랑 때문에 다음 순간이면 그 모든 걸 잊어버린다.

잔뜩 스트레스를 머금고 폭발할 듯이 자신과 인생이 미워질 때, 사랑하는 사람을 만나 그 사람의 손을 마주 잡는 순간 그 모든 게 스르르 녹아 없어진다. 어제 우연히 알게 된 좋은 노래나 계절이 바뀌며 핀 새로운 꽃의 앙증맞은 모양새에 대해 이야기하는 사람의 존재 때문에 나의 고민은 다 바보같이 느껴진다. 갑자기 내 안에 있던 수많은 고뇌가 다 하찮게 느껴진다. 아름다운 음악과 다채로운 풍경, 그리고 맛있는 음식이 내 삶을 이루고 있는데 무엇이 문제인가 싶은 것이다.

인생의 철학자는 어린아이 앞에서 바보가 된다. 한껏 인상을 쓰고 회의주의적으로 인류의 미래와 인생을 고민하던 철학자는 삶이 너무 좋아 깔깔대며 눈앞에 뛰어다니는 아이 앞에서 자신이 무언가 놓치고 있다는 걸 깨닫는다. 앎을 사랑한다는 핑계로 삶을 사랑하지 않고 있었다는 사실을 벼락 맞듯 알게 되는 것이다. 그에게 필요한 건 작은 사랑, 삶에 대한 진짜 사랑이었음을 알게 된다.

거의 하루도 빠짐없이 떨쳐낼 수 없었던 인생의 어떤 중압감, 한없이 무거운 삶의 무게, 결코 해소될 수 없는 고민에 짓눌린 채 길을 걷던 한 중년 남자는, 크리스마스 전구

아래에서 깔깔대는 연인들 곁을 지나다가 깨닫는다. 자신도 오늘 밤 그저 몇 시간 정도는 그 모든 고민에서부터 해방되어도 괜찮다는 것을 말이다. 하루 중 여덟 시간을 짓눌려 살더라도 몇 시간 정도는 그냥 이 전구와 트리와 캐럴을 그냥 하염없이 사랑해도 된다는 걸 알게 된다. 그날, 그는 집으로 들어가며 가족에게 줄 작은 선물을 살 것이다.

인간이란 무엇이고 자아란 어떤 것이며, 인생이란 어떻게 살아야 하는지 고민을 한없이 하며 바다에 반쯤 잠겨 살아가는 듯한 한 청년이 있다. 이 청년은 어느 날 자기 삶에 하나 없는 게 있는데, 그것이 작은 사랑이라는 걸 깨달을지도 모른다. 아니면 이미 자신이 책의 냄새, 집에서 기다리는 강아지의 따뜻한 온기, 가을날 아침의 투명한 공기 같은 것을 너무도 사랑한다는 걸 불현듯 깨닫고, 이제 비로소 삶을 살 준비가 되었다고 느낄지도 모른다. 결국 인간은 그런 것들에 기대어 살아간다.

짐 자무쉬의 영화 제목처럼, "오직 사랑하는 이들만이 살아남는다". 그리고 에밀 아자르가 소설에서 쓴 마지막 문장처럼, "사람은 사랑할 사람 없이는 살 수 없다". 인생은 허망하고, 모든 기쁨이나 성취도 언젠가 끝나기 마련이다. 너무 많은 세월이 무언가를 탓하거나, 무언가 때문에 괴로워하다 지나간다. 오직 사랑하는 이들만, 오직 작은 사랑들을 삶 속에 별빛 뿌리듯 가지고 있는 이들만 주어진 시간을 삶답게 살아간다. 그렇게 그들만이 삶이라는 세계가 끝날 때까지 온전하게 살아남는다.

〈우리도 사랑일까〉
인생의 공허함을
채우는 방법

뜨거운 열정을 택하다

"인생에는 빈틈이 있기 마련이야. 그걸 미친놈처럼 일일
이 다 메꿔가면서 살 순 없어."

모든 인생에는 구멍이 있다. 그 어떤 인생도 그 구멍을
완전히 메울 수는 없다. 〈우리도 사랑일까〉는 결혼 5년차
부부의 이야기다. 프리랜서 작가인 마고와 남편 루는 누가
봐도 부러워할 만한 행복한 결혼생활을 보내고 있다. 그들

의 결혼생활에는 다정함과 유머, 장난스러움과 사랑스러움이 풍부하게 자리 잡고 있다. 그러나 마고는 이처럼 안정적으로 이어지는 결혼생활에서 권태를 느낀다. 행복하긴 하지만 강렬하지 않고, 안정적이긴 하지만 희열은 없다. 마고는 그 강렬함과 희열의 결핍을 채우기 위해 불륜을 저지른다.

나이로 치면, 마고와 루는 모두 청춘의 끝자락에 있다. 흔히 청춘이라는 것은 강렬한 사랑, 꿈, 이상, 정열로 상징되고 대변된다. 청춘은 자기 앞에 도래한 저 새로운 삶, 거의 무한하리라 느껴지는 세계에 대한 환상 앞에서 자기를 사로잡는 도취와 흥분을 느낀다. 누군가에게, 새롭고 낯선 땅에, 흥미로운 일에 자신을 내던지며 자기가 '완전히' 채워졌다고 느끼는 순간들을 경험한다. 한 순간일지라도 모든 것이 채워졌던 경험은 평생이 지나도 씻기지 않는다. 온 사회와 문화가 청춘에 대한 그리움을 토로하는 것은, 짧지만 모든 것이 채워졌던 그 순간에 대한 기억 때문이다.

마고는 작가 일을 위해 여행을 떠났다가 예술가인 대니얼을 만난다. 이때만 하더라도, 둘 사이에 큰 열정은 없었다. 그러나 곧 두 사람은 자신들이 바로 이웃집에 사는 사이라는 것을 알게 된다. 남편이 집을 나간 사이에, 마고는 몇 번 대니얼을 만난다. 그러면서 점점 그림을 그리는 일에 몰두하는 이 젊은 청년에 매혹을 느낀다. 5년여간 이어진 안정적이고 평화로운 생활에는 없던 짜릿함과 몰입감이 피어오른다. 결국 그녀는 이미 정열이 사라진 남편과의 관계를 버리고, 새로운 열정의 세계를 택하게 된다.

삶의 결핍을 느끼는 순간

영화의 중간 중간에는 인생의 본질적 '결핍'이나 '부적절감', '나이듦'에 대한 이이야기들이 삽입되어 있다. 전체적으로 봤을 때는 단순한 불륜 이야기에 불과하지만, 이 영화가 더 큰 울림으로 다가오는 건 우리의 폐부를 찌르는 통찰어린 순간에 대한 묘사들 때문이다. 마고는 가끔씩 혼자 길을 걷다가, 햇빛이 내리쬐자 갑자기 '울고 싶어지는 순간'에 대해 이야기한다. 루를 껴안으며 '우리도 아이를 가질까' 하고 말하기도 한다. 또한 수영장의 샤워실에서 나이든 여성들이 하는 대화 역시 인상적이다. "새것도 결국 헌것이 돼. 헌것도 처음에는 새것이었지." 이 모든 순간이 시간 속에 흘러가며 마모되고, 늘 새로운 결핍을 알아가는 과정이 인생이라는 것을, 결코 '완벽함'이 인생의 본질이 아니라는 것을 상징한다.

결국 우리가 인생을 알아간다는 것, 성장한다는 것, 그리하여 자신의 삶을 받아들인다는 것은 '완벽함'의 불가능성을 받아들이는 일이다. 나와 세계가 일치했던 완벽한 나날들에서 벗어나는 것, 나이듦이 상실이 아니라 새로운 단계임을 받아들이는 것, 삶에서 찾아오는 결핍의 순간들을 의연하게 인정하는 것이 성숙이다. 마고는 이러한 성숙을 거부한 것과 마찬가지였다. 그녀는 여전히 자신이 청춘이었던 시간을 찾아, 어린 남자와 재혼을 한다. 그러나 영화의 처음과 끝은 그것이 결코 '새로운 시작'이 아님을 나타낸다. 어느 오후, 아무도 없는 집에서 조용히 설거지를 하며, 집 안으로 들어오는 햇빛에서 마고가 느끼는 권태는 루와의 결혼생활에도, 대니얼과의 결혼생활에도 똑같이 존재한다. 이 장면은 그녀가 새로운 남자와 다시 결혼했지만, 여전히 이전과 똑같은 결핍으로 접어들었다는 것을 뜻한다.

미친놈처럼 삶의 모든 구멍을 메우며 살 수는 없다. 헌것이 되지 않을 도리도 없다. 청춘이나 삶이 아쉽지 않을

리도 없다. 그러나 한편 그 모든 것은 '별일' 아니기도 하다. 삶의 결핍이나 구멍이 느껴진다면, 고요히 자신이 좋아하는 책 한 권을 펼치면 된다. 그 마음이 더 극심해질 때는 아무도 읽지 못하는 노트를 펼치고, 글을 써 내려가자. 문득 내가 젊음으로부터 멀어졌다는 아쉬움이 느껴질 때는, 그 세월만큼 함께 버텨온 곁에 있는 사람을 바라보며 동지애와 연민으로 미소 지으면 될 일이다. 그렇게 하루를 견디고, 하루는 미소 짓고, 또 하루는 그리움으로 나날들을 채워가다 보면, 삶이라는 거대한 이야기를 지어 올렸다는 사실을 마주하게 될 것이다. 하나의 작품이 된 우리의 삶 앞에서, 지나간 날들의 작은 구멍들은 점점이 빛나며 수많은 별들이 되어 다가올지도 모를 일이다.

참고문헌

영화로 보는 사랑과 삶

본문

1   헤르만 헤세, 《나르치스와 골드문트》, 민음사

2   앙드레 기고, 《사랑의 철학》, 개마고원(2008)

3   도스토예프스키, 《지하생활자의 수기》, 문예출판사(2014)

4   롤랑 바르트, 《사랑의 단상》, 동문선(2004)

5   룰루 밀러, 《물고기는 존재하지 않는다》, 곰출판(2021)(2002)

6   칼릴 지브란, 《예언자》, 문예출판사(2013)

7   알랭 바디우, 《사랑예찬》, 길(2010)

8   노리나 허츠, 《고립의 시대》, 웅진지식하우스(2021)

9   스콧 피츠제럴드, 《위대한 개츠비》, 민음사(2009)

10   조나 레러, 《사랑을 지키는 법》, 21세기북스(2017)

11   호세 오르테가 이 가세트, 《사랑에 관한 연구》, 풀빛(2008)

12   안드레 애치먼, 《알리바이》, 마음산책(2019)

13   알랭 드 보통, 《낭만적 연애와 그 후의 일상》, 은행나무(2016)

14 미야노 마키코, 《우연의 질병, 필연의 죽음》, 다다서재(2021)

15 앵거스 플레처, 《우리는 지금 문학이 필요하다》, 비잉(2021)

16 〈우리가 사랑이라고 믿는 것(Hope Gap)〉, 윌리엄 니콜슨 감독(티캐스트, 2022), 100분

17 롤랑 바르트, 《애도일기》, 걷는나무(2018)

18 셰릴 샌드버그, 애덤 그랜트 공저, 《옵션 B》, 와이즈베리(2017)

19 에리히 프롬, 《사랑의 기술》, 문예출판사(2019)

20 백상현, 《고독의 매뉴얼》, 위고(2015)

21 마이클 샌델, 《돈으로 살 수 없는 것들》, 와이즈베리(2012)

22 대니얼 Z. 리버먼, 마이클 E. 롱, 《도파민형 인간》, 쌤앤파커스(2019)

23 알랭 핑켈크로트, 《사랑의 지혜》, 동문선(1998)

24 라이너 마리아 릴케, 《젊은 시인에게 보내는 편지》, 고려대학교출판부(2006)

25 에바 일루즈, 《사랑은 왜 불안한가》, 돌베개(2014)

26 에스터 페렐, 《우리가 사랑할 때 이야기하지 않는 것들》, 웅진지식하우스(2019)

27 마티 루티, 《가치 있는 삶》, 을유문화사(2022)

28 피트 데이비스, 《전념》, 상상스퀘어(2022)

29 에리히 프롬, 《나는 왜 무기력을 되풀이하는가》, 나무생각(2016)

30 앙드레 지드, 《좁은 문》, 열린책들(2019)

31 플라톤, 《소크라테스의 변명·크리톤·파이돈·향연》, 스타북스(2020)

32 에밀 아자르, 《자기 앞의 생》, 생각의힘(2022), 청목사(2002)

사랑이 묻고 인문학이 답하다

초판 1쇄 발행 2023년 02월 07일
초판 3쇄 발행 2023년 10월 20일

지은이 · 정지우
펴낸이 · 박영미
펴낸곳 · 포르체

책임편집 · 김성아
편집팀장 · 임혜원 | 편집 · 김다예
마 케 팅 · 김채원

출판신고 · 2020년 7월 20일 제2020-000103호
전화 · 02-6083-0128 | 팩스 · 02-6008-0126
이메일 · porchetogo@gmail.com
포스트 · https://m.post.naver.com/porche_book
인스타그램 · www.instagram.com/porche_book

ⓒ 정지우(저작권자와 맺은 특약에 따라 검인을 생략합니다)
ISBN 979-11-92730-18-9 (04800)
ISBN 979-11-971413-0-0 (세트)

여러분의 소중한 원고를 보내주세요.
porchetogo@gmail.com